꿈을 쫓는 아이들, 술래만 10명

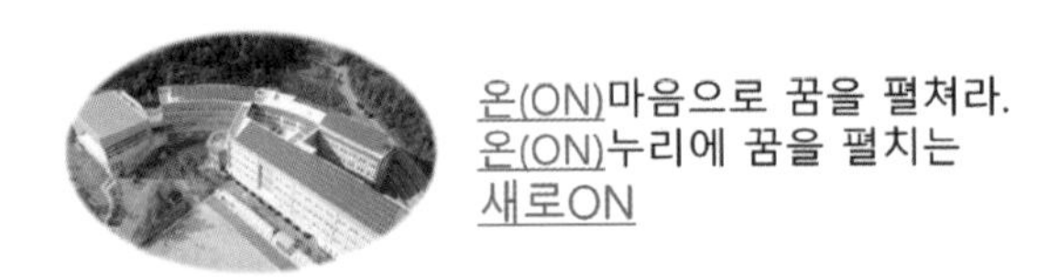

꿈을 꽃는 아이들, 술래만 10명

초판 1쇄 인쇄_ 2025년 02월 10일 | **초판 1쇄 발행_** 2024년 02월 15일
지은이_새론중학교 진로탐색토론동아리 '새로 On' 3, 4기 | **엮은이_**김지희
펴낸이_진성옥 외 1인 | **펴낸곳_**꿈과희망
디자인·편집_윤영화
주소_서울시 용산구 한강대로 76길 11-12 5층 501호
전화_02)2681-2832 | **팩스_**02)943-0935 | **출판등록_**제2016-000036호
E-mail_ jinsungok@empas.com
ISBN_979-11-6186-165-4 43810
※ 책 값은 뒤표지에 있습니다.
※ 새론북스는 도서출판 꿈과희망의 계열사입니다.

2025 대구광역시교육청 책쓰기 프로젝트

꿈과희망

책을 시작하며

★

우연의 점이 만나 선이 되고 면이 되는
우연의 선택이 삶이 되어가는
우당탕탕, 좌충우돌 중학교 동아리 활동 이야기

4년 전, 새론중학교 진로탐색토론동아리가 만들어졌습니다. 새로이 꿈에 접속한다는 뜻의 '새로 On'은 1기 팀이 짓고, 이어져 오고 있습니다. '새로 On'은 독서와 토론을 기반으로 다양한 체험과 대회 참여로 진로역량을 기르는 자율 동아리입니다.

이 책은 3학년 5명, 2학년 5명이 동아리 활동과 학교생활 이야기를 담았습니다. 각자의 꿈을 좇는 술래만 10명의 이야기입니다. 함께 협력하며 스스로 자신의 진로를 찾아가는 동아리 활동은 독서와 토론, 진로 체험 활동을 기반으로 합니다. 동아리 후배가 선배의 활동을 통해 보고 배우며 성장하고, 선배가 되면 다시 후배를 이끄는 활동으로 리더를 경험합니다. 좌충우돌 중학생 시기를 함께 보내는 우리의 이야기를 담았습니다.

누구나 독서가 중요하다는 것은 알고 있고 강조합니다. 그러나 현실은 녹록지 않습니다. 학교와 학원 일정으로 시간이 되지 않고 읽어 내지를 못합니다. 우리 동아리는 '함께 읽기는 힘이 세다'는 말의 의미를 실감하고 실천하려고 노력합니다. 혼자서는 시간과 능력이 부족하지만, 함께 읽고 토론하면서 읽고 다양한 생각을 할 수 있게 됩니다. 재미있는 책, 청소년 성장소설, 고전 읽기를 하고, 방학에는 벽돌 깨기 책 읽기에 도전합니다. 만들어진 논제문을 토론하고, 논제문 만들기까지 도전합니다. 다른 학교 학생과 대구광역시 독서토론 한마당에 참가하면서 새로운 경험을 하였습니다.

학교에서, 학년에서, 동아리 활동에서 다양한 행사와 진로 체험을 합니다. 웃고 울고 때로는 다투는 시간이 성장하는 순간이었음을 기억하며 글로 써 봅니다. 동아리 활동으로 직업인을 초청하여 특강을 듣기도 하고 진로 체험처를 방문합니다. 해마다 '꺼리어로드 스콜라' 활동으로 친구들과 여행과 진로를 겸하는 즐거운 활동을 합니다. 이 책에는 우리의 길 떠나는 이야기도 담았습니다.

'새로 On'은 해마다 도전 과제가 있습니다. 꿈청진기(꿈을 찾는 청소년 기자단, 매일신문사 주관) 활동에 4년 연속 참가하여 진로 체험과 기사 쓰기 활동으로 금상, 은상 등 수상을 하며 역량을 기릅니다. 활동에 참여하며 꿈을 찾고 꿈을 향한 도전을 이어가는 친구들이 있습니다. 2022년 '새론을 수-놓다' 학교 신문 제작을 하였습니다. 미래로 세계로 꿈 도전 캠프에서 대상을 수상하여 많은 상금으로 기뻐하였습니다. 2023년 사회적 경제 활동을 주제로 대구광역시 동아리 축제 한마당에서 대상 수상의 영광을 누렸습니다. 2024년은 책 쓰기에 도전합니다. 도전하는 '새로 On'입니다.

꿈이 있어야 할까? 중학생 시기는 고민이 큰 시기입니다. 중학생은 진로를 탐색하고 디자인하는 시기라고 하지만, 쉬운 일은 아닙니다. 초등학교를 졸업하고 중학교에 입학한 중학교 1학년 시기에서 중학교 3학년 시기는 성장과 변화가 무척 큽니다. 이에 적응하고 진로를 준비하도록 자유학기제가 있기도 하지만, 그 시기는 자칫 너무 빠르게 지나갑니다. 자신을 이해하고 희망하는 진로를 고려한 선택을 위해서 중학교 생활을 한다면 중학교 3학년이 되어 다양한 고등학교 선택에 도움이 됩니다. 이 책은 수업과 상담, 동아리 활동을 통하여 자신을 이해하고 진로 정보를 활용하여 진로 선택에 도움이 되기를 바라며 동아리 활동과 학교생활 이야기를 들려주려 합니다. 동아리 활동은 학생 개인의 다양한 능력을 길러주려 노력합니다.

이 책에 담은 우리의 이야기는 누구나 겪는 중학교 시기의 이야기입니다. 다양한 진로체험 활동과 함께 공부도 열심히 합니다. 공부하는 방법을 상담하고 실천하고 나아지며 노력하는 과정으로 이야기를 담았습니다.

우연히 만나 '새로 On' 활동에 참여하게 된 친구들이 지난 3년 또는 2년의 중학교 생활 이야기를 담았습니다. 특히 올해의 목표인 책 쓰기 활동에 꿈과 땀을 함께 담았습니다. 작년부터 준비했지만 쉽지 않았습니다. 방학에는 책 쓰기를 위한 캠프를 진행했습니다. 글을 쓰고 내어놓는 것은 힘들고 부담스러운 일이었습니다. 그러나 이 책을 읽는 중학생, 중학생 시기를 준비하거나 돌아보는 이에게 도움이 되기를 바라며 용기를 냅니다. 꿈을 향해 나아가는 술래만 10명의 이야기가 현실이 되기를 바라며 용기를 냅니다. 꿈을 꾸는 사람이 꿈을 이룹니다. 꿈을 즐기고 꿈꾸는 것을 누리며 오늘을 살아가는 중학생이기를 바랍니다. 감사합니다.

2024년 수확의 계절 가을. 진로실에서

지도교사 김지희

* 술래 : 술래잡기 따위의 놀이에서 숨은 아이들을 찾아내는 아이

차례

★

책을 시작하며 - 김지희 선생님 ** 04

연필잡이의 칙칙폭폭 꿈 여행 / 최서윤 * 09

말잡이의 주절주절 / 서한나 * 49

별잡이의 꿈을 향한 여행 / 신예빈 * 77

앞잡이의 정체 / 여승주 * 99

스쿱잡이의 첫 걸음 / 박지원 * 119

피아노잡이의 경험이야기 / 박세영 * 139

물감잡이의 색깔 찾기 / 김서현 * 153

글잡이의 마침표 / 표서진 * 173

마이크잡이의 목소리 / 박규리 * 197

바람잡이의 여러 이야기 / 배수빈 * 223

점, 선, 면, 삶이 연결 되다… 책을 마무리하며
김지희 선생님 ** 235

연필잡이의 칙칙폭폭 꿈 여행

최서윤

프롤로그

★

나의 미래가 너무 밝아서 보질 못하겠네!

나의 필명은 연필잡이이다. 돌잡이 때 연필을 잡았었고, 지금은 글쓰기 활동을 하는 학생이기에 가장 자주 접하는 물건이 연필이다. 그래서 나의 필명을 '연필잡이'로 지었다. 중학교 1학년 때에는 자유학기를 포함한 1년을 행복하게 보냈고, 2학년이 된 지금은 많아진 시험에 적응하려고 노력하고 있다. 다양한 경험을 할 수 있게 하고 도전이 중요하다는 것을 알게 해준 진로탐색토론 동아리 '새로 On' 활동에 적극적으로 참여하며 꿈을 찾아가는 중이다.

이 책의 제목인 '꿈을 쫓는 아이들, 술래만 10명'은 꿈을 가져야 한다는 강박감에 쫓기지 않고, 차근차근 꿈을 찾아가는 동아리원 10명의 이야기를 담고 있다는 의미이다. 꿈이 아직 없는 사람들도 이 책을 통해 마음의 여유를 갖고 꿈에 쫓기는 사람이 아니라 꿈을 쫓아가는 사람이 되었으면 좋겠다.

* '술래만 10명' 책 제목을 지어 채택이 되어 기쁘다.

시작이 쉬운 사람 있으면 나와봐!

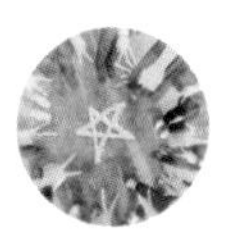

나의 꿈은 요리사였다. 나의 요리를 맛있게 먹어주는 가족들의 모습을 봤을 때 행복했기 때문이었다. 그러다 2학년이 되고, '이 길이 나에게 맞는 길일까?'라는 생각을 하게 되었다. 그래서 나의 진로를 좀 더 고민한 후에 결정하기로 했다.

지금은 학교생활과 진로동아리 활동을 하면서 꿈을 찾아가는 중이다. 우선, 여러 직업인을 만나 체험해 보면서 나의 적성을 알아가고 있다. 그리고 다양한 캠프나 대회 참여 활동으로 리더십과 협동 능력을 기르고 있다. 대회 참여의 경우, 처음에는 긴장되고 대본도 완벽히 외우지 못해 속상하고 아쉬운 점이 있었다. 그다음 대회에서는 이를 보완하여 엄청난 뿌듯함을 느꼈고 그 후에는 자신감도 생겼다. '실패는 패배가 아니라 도전했다는 의미이고, 다음의 도전에 밑거름이 된다'라는 선생님의 말씀을 실감하게 되었다.

학교에는 체험을 통해 직업을 탐색하고 진로를 찾을 기회가 많이 주어진다. 나는 이 시간을 허투루 보내지 않기 위해 집중했다. 그러면서 창업에 대한 호기심과 관심이 생겼다. 자신의 진로를 고민하는 친구가 있다면 학교에서 진행되는 진로 활동에 집중해서 참여하는 것을 추천한다.

동아리 활동을 통해 새로운 것을 시작해 볼 수 있는 계기가 되었다. '시작이 반이다'라는 말이 있다. 처음이 어렵지만 중요하다는 것을 뜻한다고 생각한다. 시작을 두려워하는 사람들에게 실패를 두려워하지 말고, 뭐든 해보라고 말해 주고 싶다. 그 실패마저도 다음의 성공을 위한 밑거름이 될 거니까.

나의 도전 이야기

과거의 경험이나 도전하고 싶은 것을 적어 볼까나? 아무 일도 하지 않는다면 아무 일도 생기지 않는다. 성공이든 실패든 도전할 때 경험 할 수 있다.

즐겁기가 한없던 나, 나의 중1 삶이야

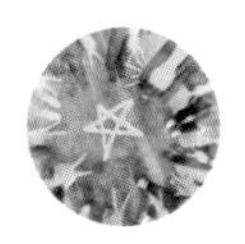

중학생 생활의 시작

설레는 마음과 중학생이 된다는 부담감, 걱정을 가득 안고 3월 2일 새론중학교에 입학하였다. 우리 반에는 새로 만난 친구들과 같은 초등학교에 다녔던 친구들이 가득했지만, 나와 친한 친구는 한 명도 없었다. 따뜻한 봄이지만 교실에는 썰렁한 분위기만이 맴돌았다.

초반에는 어색한 분위기였지만, 하루하루가 지날 때마다 교실에는 점점 웃음소리가 퍼져 나왔다. 친구들의 성향과 담임 선생님, 교과 선생님의 성격까지도 다 알아갈 때쯤 나는 반장이 되어 있었다.

그렇게 봄이 지나가고 하복을 받아 입고, 운동회를 했다. 최선을 다했음에도 불구하고 우리 반은 모든 운동 경기 예선전에서 떨어졌다. 그때 좀 아쉬웠지만, 한편으로는 마음 편히 운동회를 즐길 수 있어서 좋기도 했다. 반장인 나는 방과 후 교실에 남아서 퍼포먼스 대형을 생각해 보기도 했고 다 같이 모였을 때는 의견을 맞췄다. 덕분에 운동회는 순조롭게 진행되었고, 싸우는 일이 없었다. 그리고 나에게는 협동심과 리더십을 기르는 좋은 기회가 되었다. 운동회 당일, 축구장에 반끼리 모여 각자만의 추억을 만들고 있었다. 여자애들은 사진을 찍으며 장난치며 놀고 있는 남자애들을 한심하게 쳐다보고 있기도 했다. 퍼포먼스를 하고 나니 우리 반은 자유가 되었다. 더운 열기에 쓰러져 누워 있기도 했고, 노래에 맞춰 춤을 추는 친구도 있었다. 퍼포먼스에 최선을 다했기에 퍼포먼스 상을 기대했지만, 받지 못한 것이 아쉬웠다.

이미 끝난 일인데 어쩌겠어….

그렇게 왁자지껄한 즐거운 운동회가 끝나고 시험을 치는 날이 오고야 말았다.

그런데 시험을 치는 당일 마킹을 못해서 우는 친구, 실수해서 틀린 친구, 잘 쳐서 기뻐하는 친구들의 소리로 우리 반은 시끌벅적했다. 솔직히 말해서 나는 과목마다 점수 차이가 있는 편이라 친구들에게 자랑도 하고 못 친 과목 때문에 엉엉 울어보기도 했다. 그렇지만 어쩔 수 없었다. 이미 끝난 일인데 어쩌겠어…. 시험 마지막 날 학교를 일찍 마치고 바로 뛰어나가 놀았다. 엄청나게 잘 친 시험은 아니었지만, 시험이 끝났다는 생각에 속이 진짜 너무 후련하고 좋았다. 노는 것이 이렇게나 짜릿할 수가…. 이때까지는 몰랐을 것이다. 나에게 기말이 남았다는 사실을…. ㅎㅎ

시험도 끝났고, 6월은 아무 걱정 없이 너무 재밌었다. 나는 학교 쉬는 시간에도 배가 아프도록 웃었다. 학교 가지 않는 주말이 지루하고, 방학이 기다려지지 않을 정도였다. 정말 이렇게나 재밌는 학교생활은 처음이었다!!! 반 친구들이 때로는 싸우기도 했지만 나는 반장으로서 역할에도 최선을 다했고, 덕분인지 일도 쉽게 마무리되었다. 그렇게 다이나믹한 6월이 지나 누구도 기다리지 않았던 기말이 찾아왔다.

들쭉날쭉 나의 시험

기말은 도덕이 추가되어 6개의 과목으로 시험을 쳤다. 시험과목 한 개가 늘어난 것의 차이가 엄청났다. 6과목을 공부하느라 시간이 매우 부족했지만, 도덕은 객관식만 있어서 다행이었다. 기말고사에서는 중간고사 때 못 친 과목을 집중적으로 공부했더니 그 과목만 잘하고 나머지 과목은 나쁘지 않거나 못 치거나 둘 중 하나였다. 기말고사를 통해 공부한 만큼 성적이 나온다는 것을 느꼈고, 2학년 때는 더 열심히 해야겠다고 다짐했다. 1학기의 생활이 끝났다. 반 친구들과 시간을 보내는 것이 너무 재밌어서인지 여름방학이 너무 길게 느껴졌다. 빨리 학교에 가고 싶었다.

새로운 길을 찾는 자유학기제. 진로연계활동

2학기에는 자유학기제가 시작되었다. 처음에는 마냥 시험을 치지 않아서 좋아했었는데, 예술 체험 활동을 하면 할수록 나의 동아리인 난타(모둠북)에 빠져들었다. 난타는 리듬에 맞추어 북을 치는 활동이다. 나는 그 리듬을 집에서도, 학교에서도, 자기 전에도 계속 흥얼거렸다. 모둠북을 세게 치면서 스트레스가 해소되는 느낌이 들어서 좋았다. 꿈을 정하는 것에 도움이 되진 않았지만, 나의 진로가 나타나 있는 지도에 새로운 길이 생긴 듯한 느낌이었다.

2학기 때는 진로 연계 활동으로 이월드를 갔다. 다른 학교에서 온 학생들과 섞여 있었지만, 우리 중학교의 금색 줄 체육복은 눈에 잘 띄었다. 친구들끼리 조를 짜서 움직이다가 다른 조 친구들을 만나면 사진도 찍고, 오락도 했다. 초등학생일 때는 상상도 못 했던 이월드 체험학습이 고작 1살 더 먹었다고 가능해졌다는 것도 신기했다. 나랑 성향이 맞는 친구랑 다니면서 놀이기구를 타니 시간 가는 줄 몰랐다.

선생님 축하해요!

그렇게 재밌는 체험학습이 끝나고 담임 선생님께서 출산을 위한 육아휴직을 2주 정도 한다고 말씀하셨다. 그 말을 듣고 너무 축하드린다고 말했다. 선생님께 축하하는 마음을 담아 깜짝 파티를 해드렸다. 나와 다른 친구 둘이서 케이크를 열심히 꾸몄다. 생크림 케이크에 초콜릿 펜을 이용하여 장식했다. 그럴싸했다. 아주 만족스러운 결과였다. 마지막 교시 담당 선생님께 양해를 구한 뒤 수업을 빨리 마친 후, 교실을 예쁘게 꾸몄다. 풍선도 붙이고, 칠판도 꾸미고, 직접 꾸민 케이크에 초도 붙였다. 옆 반 친구들이 파티 분위기를 띄워주기 위해 우리 반으로 모였다. 다 같이 노래 부르고, 환호하니 너무 재밌었다. 종례해야 한다고 파티가 너무 빨리 끝나버려 아쉬웠지만 기뻐하는 선생님의 모습이 보여서 좋았다.

의외의 승리를 만끽하다!

선생님의 육아휴직이 끝나고도 우리 반 깜짝파티는 끝나지 않았다. 운동회에서는 완전 꽝이어서 기대하지 않았던 우리 반이었는데 반별 피구대회에서 한 게임 한 게임 승리를 차지했다. 여자애들은 공을 아주 잘 피했고, 남자애들은 강하게 날아오는 공을 척척 잡아냈다. 그렇게 우리는 무패라는 멋진 결과를 가지고 결승전에 올라갔다. 상대는 잘한다고 소문난 5반이었다. 떨리는 마음을 가라앉히고 평소대로 5반 친구들을 아웃시켜 나갔다. 게임에 집중하다 보니 승리는 점점 우리 반 쪽으로 기울고 있었다. 마지막 카운트 3, 2, 1. 체육 선생님이 각 팀에 남아 있던 친구들 수를 세더니 최종 우승이 우리 반이라고 하였다!!! 2대1, 역전승이었다! 담임 선생님과 반 친구들이 둥글게 모여 방방 뛰고 서로 끌어안으며 승리를 만끽했다. 다 같이 응원하고, 땀 흘려서 얻어낸 아주 값진 승리였다. 승리 상품으로 버거 세트와 트로피를 받았다. 열심히 참여한 대회에서 얻은 버거라 너무 맛있게 느껴졌다. 체육과 관련된 우승은 꿈도 못 꾸었을 선생님께 드리는 깜짝파티를 하고 나니 겨울방학이었다.

떠나지 못하는 무거운 발걸음

나에게 겨울방학은 너무나도 길게 느껴졌다. 나를 웃게 해주는 우리 반 친구들과 다정한 담임 선생님이 보고 싶었다. 그렇게 기다리고 기다리던 개학 날이 다가왔고, 진도를 나갈 것이 없는 학교는 너무나도 재밌고 시간이 빨리 지나갔다. 3일이 순식간에 지나고 또다시 봄방학…. 좋지만 슬펐다. 이제는 1학년 10반 친구들을 한 반에서 볼 수 없었기 때문이다. 다른 친구들은 미련도 없는지 교실을 떠나버렸지만 나는 반을 떠나지 못하고 반 앞에서 울었다. 겨우 발걸음을 돌려 학교에서 나왔지만, 발걸음이 무거웠다.

1학년 안녕….

반 배정 결과가 나오는 날이 되었다. 1학년 10반을 떠나보내야 한다는 사실이 너무 슬펐지만, 이제는 10반을 보내주고 새로운 반을 맞이할 때가 되었다. 두근두근 설레고 떨려서 심장이 밖으로 튀어나오는 줄 알았다. 하지만 내 바람과는 다르게 친한 친구들과 다 흩어졌다. 특히 남자애들…. 날 웃게 해주고 재밌게 해주었던 친구들과 전부 흩어지다니 슬퍼서 잠시 멍하게 있었다. 간신히 정신을 차리고 '이제는 새로 만나게 될 친구들과 2학년을 아름답게 장식해 봐야겠지…'라고 생각했다.

1년 동안 반장을 하면서 친구들의 마음을 잘 헤아리는 사람이 된 것 같았다. 그리고 친구들의 마음을 다치지 않게 말하는 방법도 알게 되었다. 다음에 반장을 한다면 길러진 리더 역량을 바탕으로 갈등이 더 줄어들고 협동하는 반을 만들 자신이 있다.

1학년 10반 친구들이 이 글을 읽을지는 모르겠지만! 너희들이 있어서 난 너무 행복했고, 잊지 못할 나의 1년이었어. 너희들 덕분에 중학교 생활도 잘 적응할 수 있었던 것 같아. 계속 인사하고 연락하면서 지내자. 다음에 또 한번 뭉칠 날이 오겠지…? 소중한 추억을 함께 한 친구들이 오랫동안 기억에 남을 것이다.

☞

2학기 나의 학교생활은 공부보다 다양한 활동에 초점이 맞추어져 있었다. 그렇다고 해서 2학기를 허무하게 보내진 않았다. 지필 평가가 없어서 나에게 주어진 시간을 더 효율적으로 쓸 수 있었다. 방과후 활동으로 요리를 배워 보기도 했고, 학원에서는 영어, 수학을 선행했다. 나는 착실히 나의 지식을 쌓았지만, 자유학기제라고 수업을 소홀히 하는 친구들도 많았다. 그런 친구들이 있더라도 휩싸이지 않고 자신이 할 일을 묵묵히 해나가야 한다. 그리고 이 기간에 진로에 대해 생각해 보고 자신의 역량을 기를 수 있는 시간이 된다면 후회가 남지 않는 자유학기제를 보낼 수 있을 것이다.

1이 모여 10이 되지

피구대회 우승 🥇

중1의 시험 경험, 궁금하지 않아?

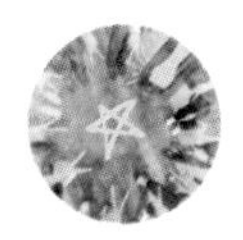

초등학생과 가장 큰 차이점…. 바로 중간고사와 기말고사이다. 처음에는 이 시험이 어느 정도 중요한지, 공부는 얼마나 해야 할지 전혀 감이 잡히지 않았었다. 중학교에 입학하고 2달이 지나지 않아 시험이 있었다. 1달쯤 지났을 때는 배운 것도 많이 없는 것 같고 마냥 시험이 쉬울 것 같았다. 그래서 중간고사를 쉽게 생각했던 것 같다. 본격적으로 시험공부를 하려고 하니 뭐가 너무 많았다. 특히 사회 과목을 하다가 죽는 줄 알았다. 살면서 이보다 더한 일이 있겠지만 이런 경험이 처음인 나에게는 힘듦이 크게 와닿았다. MSG를 살짝 보태 언제 배웠는지도 모를 세계의 기후에 대해 줄줄 적혀 있는 사회 교과서를 보고 막막해졌었다. 그렇지만 차근차근 문제집도 풀어보고 교과서도 읽었다. 물론 다른 과목도 말이다. 그렇게 공부하다 보니 시간이 부족했다. 왜 사람들이 시간이 부족하다고 하는지 이해가 되었다. 시험공부를 미루다 보니 시험 전날까지도 공부했다. 시험 치는 날의 몸 상태도 중요한데 새벽 2시쯤 잠자리에 누웠다. 불안해서 한 글자라도 더 읽어보고 한 문제라도 더 풀어보아야 할 거 같은 느낌이 들어서 컨디션 관리를 포기했다. 기말고사 때는 시간 분배와 컨디션 관리를 잘하겠다고 다짐했다.

중간고사를 가채점할 때 손이 떨렸다. 처음 보는 중학교의 시험이기에 점수가 잘 나오길 바랐기 때문이다. 사회 말고는 나름 만족스러운 결과였다. 기말고사 때는 사회를 중점적으로 공부했더니 다른 과목 점수가 낮았다. 기말고사를 통해 시간을 적절히 분배하여 모든 과목을 골고루 공부해야 한다는 것을 깨달았다.

시험준비 공부 방법을 적어보자.

공부를 하는 목적에 따라 공부방법은 다양하다고 한다. 시험을 대비한 공부는 어떻게 하는 것이 좋을까? 계회과 실천 반성과정을 정리하면 큰 도움이 될 것이다.

교외에서 하는 첫 진로 활동

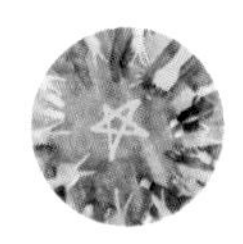

2023.12.27. 꺼리어로드 스콜라

재밌는 체험을 하기 위해 교문 앞에 다 같이 모여서 출발을 기다리고 있었다. 버스 타고 이동하는 진로 활동은 처음이라 어떤 활동을 하게 될지 궁금해졌다. 간신히 일어나서 학교에 왔는데 예정 시간보다 40분 늦게 출발하게 되었다. 일정이 조금씩 밀려 활동 시간이 줄어들게 될까 봐 걱정되었다.

우리가 처음 도착한 곳은 영진전문대학교, 그중에서도 웹디자인 학과이다. 최근 우리나라의 웹툰 산업이 발전하여 세계적으로 인기를 끌고 있다고 한다. 이를 위해 국가가 투자하고 필요한 전문가를 양성하는 학과라고 한다. 평상시 그림에 소질이 없어서인지 항상 그림 그리는 것을 피했다. 이번을 계기로 전문가용 태블릿으로 그림 그리는 방법 및 색칠하는 방법을 교수님에게 배워 볼 수 있게 되어 정말 뜻깊은 시간이 되었다. 내가 오늘 썼던 전문가용 태블릿, 펜 등 장비가 좋아서일까, 다 같이 그리는 그 분위기가 좋아서일까? 그림이 평상시에 그리는 것보다 훨씬 더 예쁘게 잘 그려지는 것 같았다. 전망이 밝은 전문 분야를 경험하면서 유익한 시간을 가졌다.

이번엔 경북대학교에 도착했다. 이곳에서 대학생 멘토와 학교를 구경하는 시간과 Q&A 시간을 가졌다. 질문자가 많아서 평소 내가 궁금했던 것을 질문하지 못해 아쉬웠다.

내가 기대하던 경북대학교 학식 시간이 왔다. 서툴지만 다른 친구들을 따라 급식을 받았다. 왕 치즈 돈가스와 내가 좋아하는 해시 브라운까지! 정말 맛있는 급식이었다. 요리사가 꿈(이때는 꿈이 요리사였다.)인 내가 한마디 하자면 음식이 조금 식어서인지 치즈가 딱딱했던 것이 아쉬웠다. 하지만 다음번엔 다른 것도 먹어보고 싶다는 생각이 들었다. 경북대학교에서 마지막으로 간 곳은 경북대학교 박물관이었다. 다양한 유물과 전통악기 등이 전시되어 있었다. 그것을 보니 신기하기도 하고, '어떻게 많은 유물을 수집할 수 있었을까?' 하는 궁금증이 생기기도 했다. 우리는 설명만 듣고 다음 코스로 넘어갔다. 관람하는 시간이 길었으면 좋았을 것 같다.

다음으로 간 곳은 대구섬유박물관이었다. 해설사 선생님과 함께 하나하나 배워 보니 정말 신기한 섬유가 많다는 것을 알게 되었다. 그중에서 '탄소섬유'라는 섬유가 가장 기억에 남는다. 철보다 무게는 가볍지만, 강도는 세고, 잘 타지도 않는다고 했다. 게다가 잘 부서지지도 않아 자동차에 많이 사용된다고 하였다. 섬유가 자동차 재료를 만드는 데 쓰인다는 것이 정말 놀라웠다.

내가 가장 기다리던 치킨을 만들러 가는 시간이 되었다. 치킨을 담을 상자를 꾸미고 앞치마도 매는 등 치킨을 만들기 위한 준비를 하였다. 그리고 만들기 시작하는데 생각보다 할 것이 없어서 아쉬웠다. 밑간이 다 된 순살 고기에 가루를 묻힌 것이 다였다. 직접 고기 밑간을 해보지도 못했고, 위험하긴 하지만 직접 튀겨 보지도 못했다. 이번 기회를 통해 한번 해보고 싶었는데 말이다. 그렇지만 치킨 맛은 좋았다. 점심을 먹고 배가 고플 때 먹은 치킨은 아주 맛있었다.

모든 체험이 끝난 뒤, 버스를 타고 돌아오는 길에 마이크로 소감을 나누기도 하고 노래를 부르는 등 재밌는 시간을 가질 수 있어서 좋았다. 학교에 도착하니 해가 뉘엿뉘엿 지고 있었다. 오늘 시간이 정말 빨리 지나간 것 같았다. 해가 지는 모습도 은근 감성 있고 좋았다. 내년에도 비슷한 진로 활동을 꼭 했으면 좋겠다. 다른 후배, 다른 친구, 다른 선배와 함께 말이다.

웹툰 작업을 경험 – 나의 작업

경북대 멘토와의 만남 – 전망이 밝은 전문 분야인 웹툰 산업,
전문가용 태블릿, 펜 등 장비 사용

재미도 있는데 생각도 하게 만드는 책
- 광고천재 이제석을 함께 읽고, 토론하며 -

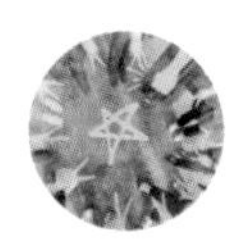

왜 천재라고 하는지 알겠다.

내가 이 책에 평점을 준다면 5점(5점 만점)을 줄 것 같다. 중간중간에 나와 있는 이제석이 만든 광고들 덕분에 지루함을 느끼지 못했고, 광고를 보고 생각해 볼 수 있는 계기가 되었기 때문이다.

(책 332쪽) '날마다 휴일이면 좋을까요?'라는 문구를 가지고 있는 광고가 가장 기억에 남는다. 이 문구에는 매일 휴일인 사람에게는 하루하루가 고통이라는 의미가 담겨 있었다. 아마 학생들은 개학하고 "아, 계속 휴일이면 학교도 가지 않아도 되고 집에서 쉴 수 있을 텐데."라고 말하고 있을 것이다. 물론 나도 가끔 그런다. 순간 뭐에 맞은 기분이었다. 사람들이 무심코 내뱉었던 말이 일이 없는 사람들의 마음을 아프게 했을 수도 있을 것이라는 생각이 들었기 때문이다. 이제석이 전하고자 하는 내용이 머리로 와닿은 것이 아니라 마음으로 먼저 와닿았다. 매일 할 일 없이 있는 것도 엄청난 고통이고, 이런 사람들이 하루라도 빨리 직장을 가질 수 있게 되면 좋겠다는 생각이 들었다.

{2024.03.26. 광고천재 이제석 2차 토론}

파괴는 창의력에서, 그 창의력은 경험에서?

첫 번째 토론 주제는 '창의력은 파괴에서 나온다!'였다. 토론 후 다시 생각해 보니 창의력이 파괴에서 나온다는 말보다 파괴가 창의력에서 나온다는 말이 맞는 것 같다. 어떤 일을 하여 뭔가를 파괴할 수 있는 원동력이 되는 것이 창의력이라고 생각하기 때문이다. 예를 들어 광고 문구에 대한 창의력이 있어야 광고를 보는 사람의 생각을 파괴할 수 있을 것이다.

(책 288쪽) 이제석은 몸으로 직접 체험하여 생생한 이미지가 있어야 작품을 훨씬 잘할 수 있다고 생각하여 아프리카에 갔다. 나 또한 나의 경험을 통해 창의력을 발휘할 수 있었다. 비가 왔을 때 발에 물이 들어오고 신발이 더러워지는 경험을 통해 신발 풀 커버를 만들면 좋겠다고 생각한 적이 있었다. 그래서 '창의력은 경험에서 나온다'라는 말을 덧붙이고 싶다.

중학생에게는 목표보다는 가치관이 중요한 거 아닐까?

두 번째 토론 주제는 '목표와 가치관은 꼭 필요할까?'였다. 목표는 나이에 따라 필요성이 달라질 수 있다고 생각한다. 중학생의 나이로 본다면 목표가 꼭 필요한 것은 아니라고 생각한다. 중학생 때는 목표를 정하는 것이 아니라 목표를 정하기 위해 다양한 것을 경험하는 것이 중요하다고 생각하기 때문이다. 그렇지만 가치관은 나이에 상관없이 필요하다고 생각한다. 중요한 일을 결정할 때, 나아갈 방향을 잡을 때 하다못해 물건을 살 때도 선택할 일이 생긴다. 이때 나의 가치관을 바탕으로 하여 올바른 선택을 할 수 있어야 한다. 나는 '내가 좋아하는 일을 하자'라는 직업 가치관이 있다. 이를 통해 미래에 직업을 정할 때 방향을 잃지 않을 수 있을 것이다. 이 책을 읽는 누군가도 나이에 상관없이 언제나 닥칠 수 있는 선택의 상황이 있기에 가치관을 생각해 보길 바란다.

재미없는 책이 도움이 되기도 하네
-벽돌 책 깨기, 『사피엔스』 읽기 도전-

'진로탐색토론동아리'의 수업을 하기 위해 사피엔스라는 책을 읽게 되었다. 첫 장을 읽으니 '으악!' 소리가 절로 나왔다. 나에게는 정말 너무너무너무너무 어려웠다. 하지만 선생님과 동아리원들과의 약속이니 일단 읽어나갔다. 읽다 보니 처음 보는 내용과 이해되지 않는 내용이 점점 많아져 읽기가 좀 힘들었다.

이 책에 점수를 주자면 3점(5점 만점)을 줄 것이다. 다양하고 새로운 내용을 담고 있었고, 나를 상상하게 만드는 면에서는 좋았다. 하지만 내용을 이해하기 어려웠던 것이 아쉬웠다.

어려운 부분이 많았지만, 흥미롭게 느껴진 것이 하나 있었다. 인지 혁명 부분에서 '호모 사피엔스의 형제 살해범'이라는 내용이 나에게 생각할 거리를 가장 많이 주었다. 호모 사피엔스가 아라비아반도에 상륙했을 때 다른 종의 인간들이 이미 정착해 있었다. 그때 이 사람들에게 일어난 일에 대한 이론 2개가 있다. 첫째는 성관계를 하여 뒤섞였다는 교배이론, 둘째는 인종 학살이 일어났다는 교체이론이다. 나는 이 책을 읽고 생각해 보았을 때 교체이론이 좀 더 맞는 것 같다는 생각이 든다. 책에 나와 있듯이 교배이론이 맞는다면, 인간은 적어도 2개 이상의 종이 섞여 있어야 할 것이지만 지금의 인간은 그렇지 않기 때문이다.

토론에서 '허구 덕분에 우리는 단순한 상상을 넘어서 집단으로 상상할 수 있게 되었다'라는 말에 대해 생각을 나누어 보았다. 언니는 '우리가 실존한다고 생각하는 국가, 화폐, 종교 이런 것들 자체도 생각해 보면 인간이 만들어낸 것들일 뿐이잖아. 우리 사회의 기반이 되는 것들이 허구 속이라고 생각하니 조금 신기하기도, 웃기기도 했던 것 같아'라며 이 말에 동의한다고 했다. 이 논제에 대해, 허구를 말할 수 있는 것이 악용되고 있다는 점에서 부정적이라고만 생각했었다. 하지만 이야기를 나누다 보니 '오! 맞는 것 같아! 긍정적인 방향으로도 생각할 수 있구나?!'라며 발상의 전환처럼 느껴지기도 했다. 이번 토론을 통해 다른 의견을 들어보며 책을 깊이 있게 읽고, 책을 하나하나 뜯어먹는 것 같아서 좋았다.

이번 독서 토론을 통해, 나 혼자였다면 읽어보지 못했을 『사피엔스』라는 책에 도전하여 같이 읽고, 생각을 나눌 수 있어서 좋았다. 그리고 2학년이 된 지금 역사를 배울 때 호모 사피엔스가 교과서에 나와서 괜히 반가웠고, 거리감이 덜 느껴져서 좋았다. 방학 동안에 이 책을 다 읽지는 못했지만 『사피엔스』를 도전해 보길 잘했다는 생각이 든다.

함께 읽고 싶은 책을 찾아보자.

긴 호흡으로 읽는 독서는 인터넷 정보, 영상보다 유익이 크다. 함께 읽고 토론하면 독서의 유익은 더 커진다. 토론은 갖추어진 형식도 있지만, 자유롭게 이야기하면서 읽는 것도 방법이다.

쉿! 1급 기밀이야!

- 시험 잘 치는 방법, 공부 잘하는 비법 -

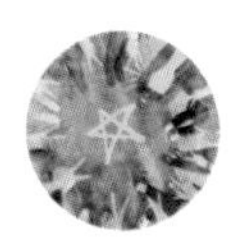

매주 화요일 아침 8시에 진로 선생님, 동아리원들과 토론을 하거나 이야기를 나눈다. 오늘의 이야기 주제는 '시험 잘 치는 방법'이었다. 1학년 때에는 무작정 외우고, 문제만 풀었다. 소비되는 에너지는 많은데, 특별히 도움은 되지 않았다. 이번에는 시험공부를 어떻게 하면 좋을지 조언을 얻고 싶어서 내가 선생님께 여쭤보았다.

이야기 후 느낀, 나만 알고 싶은 1등 공부법이지만 특별히 공유한다. 중학교 시험은 3~4주 전부터 대비해야 한다. 우선 3~4주 전부터는 예습 복습을 하며 시험 범위에 해당하는 부분에 익숙해지는 것이 중요하다. 예습이란 배울 부분의 주제와 굵은 글씨를 중심으로 읽으며 질문을 하는 것을 말한다. 예를 들어 역사의 경우 '왜 그럴까?', '언제?', '누가?' 등의 아주 간단한 질문이라도 말이다. 그리고 나서 수업 시간에 그 질문들을 하나씩 해결하다 보면 머릿속에 더 오래 남을 것이다. 그리고 수업을 긴장해서 듣고, 선생님이 중요하다고 하는 내용을 표시하며 수업에 열심히 참여해야 한다. 이때 아는 것과 이해가 되지 않는 것, 모르는 것을 잘 구별해 놓아야 한다. 그렇게 공부하면 나중에 깊이 있는 공부를 할 때 시간

분배를 잘할 수 있기 때문이다. 이어서 2주 전에는 꼼꼼하게 공부해야 한다. 그리고 교과서와 학습지를 중심으로 중요하다고 표시해 놓았던 내용을 익히는 것이 중요하다. 이것은 시험 1주 전 문제집 등을 풀면서 문제 유형을 익힐 때 바탕이 되는 것이기 때문이다. 이것이 오늘 알게 된 1등 공부법이지만 무엇보다도 중요한 것은 이를 실천하는 것이다. 나도 이제 1등 공부법을 알게 되었으니 이번 시험에서는 이 방법을 실천하기 위해 노력하여 좋은 결과를 만들어 낼 것이다.

☞

수업 중 필기만 열심히 해도 시험에서 5문제 정도는 먹고 들어갈 수 있다. 이 책을 읽게 되는 누군가가 이 말은 꼭 명심했으면 좋겠다. 너의 수업하는 태도가 너의 성적과 비례한다고.

나만의 공부방법을 찾아보고 실천해 보자.

SMART 목표 공부법(널리 익혀진 공부법, 학습법 중 하나이다.)을 실천해 보자.
S (Specific) 구체적으로 : 목표가 구체적일수록 실천 가능성이 높아져요.
M (Measurable) 측정가능한 : 성과를 확인할 수 있도록 목표를 수치화합니다.
A (Achievable) 달성 가능한 : 자신의 현재 능력과 시간, 자원을 고려한 목표
R (Relevant) 관련성 있는 : 현재 자신의 목표와 방향이 맞는
T (Time-bound) 시간 제한 : 목표를 달성할 기한을 정하고 실행에 옮기기

수행평가?! 나만 믿고 따라와

수행평가 관리는 매우 중요하다. 학생들은 지필 평가에만 최선을 다하고 수행평가는 별거 아니라고 생각하는 경우가 많다. 하지만 그 생각은 옳지 않다. 지필 평가만큼 성적의 많은 비중을 차지하고 있기 때문이다. 아무리 지필 평가를 잘 쳤다고 하더라도 수행평가를 대충 준비하여 최종 성적이 떨어지기도 한다. 또 어떤 과목은 지필 평가 없이 수행평가만 있기도 하다. 그렇다면 이 중요한 수행평가를 어떻게 관리해야 할까?

첫째, 최선을 다해 준비해야 한다. 어쩌면 당연한 말일 수도 있지만 '준비' 단계는 빼놓을 수 없다. 지필 평가보다 범위도 좁고 어떤 유형인지 다 알려주기 때문에 채점 기준이 높을 수도 있다. 따라서 수행평가 안내를 받으면(대부분 수행평가 치는 날보다 1~2주 빨리 안내됨) 그때부터 하루에 적은 양을 하되 완벽히 하면 된다. 그리고 수행평가는 주로 중간고사가 끝나고 안내된다. 한 번에 많은 수행평가를 치게 되는데 이때 포기하지 않는 것도 중요하다.

둘째, 반복해서 읽고, 외워야 한다. 앞에서 말했듯이 수행평가 안내를 받고 꾸준히 내용을 복습해야 한다. 완벽하다고 생각되더라도 계속. 시험이라는 긴장감 때문에 기억나지 않을 수 있으니 시험 치기 직전까지 한 문장이라도 더 읽는 것이 중요하다. 무작정 글만 외우지 말고 시험 내용을 이해하고, 그 내용을 사진 찍듯이 머릿속에 저장하면 도움이 될 것이다. 그림이 있다면 더더욱.

셋째, 시험을 칠 때 어떤 문제가 있는지 먼저 훑어보면 좋다. 전반적인 흐름을 알고 있으면 외웠던 것을 잊지 않으려고 기억하면서 마지막 문제까지 답을 잘 적을 수 있을 것이다. 그리고 자신이 암기하기에 어려웠던 내용이나 중요한 내용의 문제가 있다면 먼저 답을 적는 것이 좋다.

넷째, 시험 시간이 남아도 쉬면서 시간을 보내지 않는 것이 좋다. 몰라서 남겨놓은 문제가 있다면 더더욱 안 된다. 그 문제를 곱씹어 보면 뭐라도 기억나는 것이 있을 것이다. 단어 하나라도. 수행평가는 그 단어 하나로 점수를 더 받을 수 있어서 최대한 생각해 보아야 한다. 다 적었더라도 한 번은 검토해 보는 것을 추천한다.

마지막으로, 최선을 다했다면 시험 결과에 너무 얽매이지 말아야 한다. 결과를 받아들이는 것까지가 시험이라고 생각한다. 시험을 잘 쳤다면 나 자신에게 칭찬하고 약간의 자랑을 곁들여도 좋다. 만약 시험 결과가 좋지 않다면 '난 공부랑은 거리가 멀어'라며 자신을 깎아내리지 말고 뭐가 부족했을지 생각해 보고 다음에 더 잘하기 위해 노력하면 된다.

이 방법으로 2학년 1학기 All(모두) A라는 좋은 성적을 거둘 수 있었다. 지필고사를 좀 못 친 과목은 수행평가를 더욱 열심히 준비하여 A를 받을 수 있었다. 이 책을 읽는 누군가도 수행평가를 잘 관리하여 좋은 성적을 얻을 수 있길 바란다.

오직 진로동아리만!

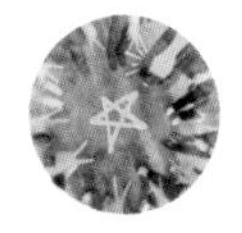

오늘은 동아리 전일제 날이다. 동아리 전일제는 하루 동안 각 동아리의 특색을 살려 다양한 활동을 하는 것이다. 나의 진로탐색토론동아리에서는 원더랜드를 봤다. 개인적으로 이미 본 영화라 두 번째로 본 것이었다. 첫 번째로 볼 때도 재미없었는데 이번에도 마찬가지였다. 공간이 자꾸 옮겨가서 뭔 내용인지도 모르겠고 공감도 되지 않았다. 후기를 보니 울었다는 말도 많았는데 도통 눈물도 나지 않았다. 그렇다고 해서 이 영화가 별로라고 욕하는 것은 아니다. 느끼게 해준 것이 많았기 때문이다. 이 영화에서, 죽은 사람과 전화 기술을 통해 대화할 수 있었다. 나는 이 부분에서 AI 기술이 발달되지 않았으면 좋겠다는 생각이 더 확고해졌다. 영화의 한 장면에서 장례식에서 울지 않고 있는 모습도 싫었고 그러면서 죽음을 아무렇지 않게 여기는 것이 싫었기 때문이다. 사람의 인생은 태어났을 때부터 죽을 때까지라고 생각한다. 그런 면에서 인생의 마지막이 존중되지 않고 있다고 생각했다. 이때 말하는 존중은 슬퍼서 울어주고 진중한 분위기에서 장례를 치르는 것을 말한다. 나는 이런 기술에 반대하기에 이 영화감독이 알리고자 했던 이야기가 'AI 기술발달의 문제점' 이었으면 좋겠다.

점심시간과 겸해서 자유시간이 주어졌다. 얼마나 행복하고 자유로운 시간인가? 영화 볼 때 많이 먹어서인지 배가 고프지 않아서 밥을 안 먹고 자유시간을 즐겼다. 별잡이와 함께 사진도 찍고 노래방도 갔다. 연예인 프레임으로 사진을 찍었는데 실패했다. 내 돈 7,000원. ㅜㅜ 사진은 실패했지만, 이 또한 추억으로 남을 만큼 즐거웠다.

자유시간이 끝난 뒤 교보문고에 가서 우리가 만들 책의 구성을 참고할 다른 책들을 둘러보았다. 내가 낸 의견이 받아들여지거나 참고만 되더라도 너무 좋을 것 같다. 책 표지에 '우리는 각자의 꿈을 좇아 달리는 중이다'라는 메시지가 들어갔으면 좋겠다.

사회적경제지원센터에 갔는데 일단 너무 시원해서 좀 살 것 같았다. 길바닥에 달걀을 구울 수 있을 정도로 더운 날씨에 걸어서 이동하는 것은 엄청 힘들었다. 사회적경제지원센터 팀장님께서 센터는 어떤 일을 하는 곳인지 설명해 주셨다. 이곳은 사회적 경제에 대해 널리 알리는 일을 한다고 했다. 설명회나 강의, 프로그램 등을 활용해서 말이다. 친구들이 흥미로운 질문을 하여 Q&A 시간도 엄청 재밌었다. 다음에 환경 관련 기업에 가서 체험이나 구경을 하고 싶다는 생각이 들었다.

오늘 했던 활동 중에 가장 기억에 남는 활동은 피자빵 만들기이다. 체험하면서 내가 집에서 만들어 볼 때와는 전혀 다른 느낌의 빵 반죽을 만질 수 있었다. 폭신폭신하고 부드러웠다. 그리고 빵 위에 올라갈 토핑을 먹어봤는데 진짜 맛있었다. 토핑이 이렇게 맛있는데 빵은 얼마나 맛있으려나~. 몇 달 전까지만 해도 꿈이 요리사였는데 지금은 꿈이 없어진 시점이었다. 중학생이 되면서 음식을 만들어 보는 시간이 점점 줄어들어 흥미를 잃었었다. 근데 이번 체험으로 다시 요리사가 되고 싶다는 생각이 잠깐 머리를 스쳤다. 다음에는 시간이 여유로워 빵 반죽과 토핑까지도 내가 만들어 보고 싶다는 생각이 들었다. 빵을 오븐에 넣고 기다리는 동안 체험 소감문을 쓰고 있는 것인데 빨리 나의 빵을 보고 싶다. 무척 배가 고파서 후다닥 먹어버리고 싶은….

몸도 너무 피곤해서 빨리 집 가서 자고 싶은데 오늘 가는 영어 학원 숙제를 하나도 안 해서 정말 큰일이다. 비상이다 비상! 집에 가는데 30분 넘게 걸리는데 숙제는 언제 하지? 그렇지만 평소에 하고 싶었거나 관심 있었던 행동을 할 수 있어서 매우 즐겁고 나에게 유용했던 하루였다. 다음에 기회가 된다면 또 체험하고 싶다.

재미없는데 배울 것이 있는 활동으로 나를 성장시켜 보자.

익숙하지 않고 낯선 것은 힘들고 거부하게 되는 경험이 있다.
배운다는 것은 익숙하지 않는다는 것을 익혀 나가는 것이 아닐까?
중학교 생활은 몸과 마음, 생각이 아이에서 어른으로 자라는 과정에서
익숙하지 않아 새로운 것을 받아들이고 성장하기에 힘든 과정으로
느껴지는 것이 아닐까?
'피할 수 없다면 즐겨라!' 유명한 광고 문구처럼
나의 꿈을 향해 '피할 수 없다면 즐기자!'
중학생 여러분! 화이팅!

뭐든 도전해 보면, 이득!

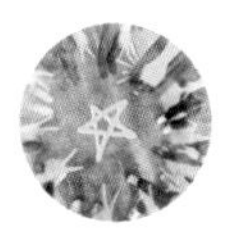

선생님께서 대구광역시 중학생 독서 토론 한마당 활동을 추천하셨다. 이 활동은『오늘부터 나는 기후 시민입니다』라는 책을 읽고 토론하는 활동이다. 책을 기한일까지 맞추어 읽어야 했고, 기후 이야기가 재미없을 것 같아서 참가를 고민했다. 그렇지만 2024년 우리 동아리 활동 주제 중 하나가 '기후'이기도 하고, 책 축제 경험도 쌓기 위해 참여하게 되었다. 그야말로 도전이었다.

이 캠프는 3단계로 구성되어 있다. 1단계는『오늘부터 나는 기후 시민입니다』라는 책의 저자인 김해동 교수님의 강연을 듣고 책을 받아 오는 단계이다. 학교 수업이 끝나고 강연이 있는 교육청에 갔다. 교육청에 도착하여 다른 학교 학생들을 보니 기대되기도 하고 긴장되었다. 그러나 간식을 나누어 주셔서 힘이 났다. 강연에서 책 내용에 관한 소개와 기후 위기의 심각성을 알려주는 내용을 들었다. 나는 이번 강연을 통해 심각한 기후 위기에 처해 있다는 것을 느낄 수 있었다. 사람들은 매년 길어지는 여름과 겨울, 일정하지 않은 강수량의 원인은 생각해 보지 않고 결과에만 불만을 보였다. 원인을 생각해 보고 그 원인을 해결한다면 결과가 조금은 나을 텐데 말이다. 원인을 알고도 해결하려 노력하지 않는 사람도 있을 수 있다. 자동차를 타면 탄소 배출이 많다는 건 누구나 알 것이다. 그런데도 사람들이 대중교통보다 자동차를 더 많이 이용한다는 것이 예시이다. 강연을 듣고 나는 기후 위기를 더 심각하게 하는 것을 막기 위해 노력하는 사람이 되고자 했다. 하굣길에 걸어서 다니고, 양치할 때는 컵에 물을 받아서 했다. 어려운 일이 아니었다. 하지 않았던 것일 뿐. 나는 앞으로도 기후 시민이 되기 위해 노력할 것이다.

2단계는 책을 읽고 동아리원들과 논제를 만드는 단계이다. 동아리원들과 오프라인에서는 물론 온라인(메시지)으로도 의견을 주고받으며 논제를 만들었다. 우리는 '대한민국 전체에 탄소 중립이 가능할까?'라는 논제와 '기후 불평등은 돈으로 해결되는 것일까?'라는 논제를 만들었다. 토론하기에 아주 적당한 논제를 찾은 것 같아 뿌듯했다.

3단계는 북부도서관에서 월드 카페 형식으로 학교별 토론을 하는 단계이다. 동아리원들이 나뉘어 각 방에서 토론 논제를 소개했다. 그 후 테이블에는 논제 진행자만 있고 나머지 사람들은 다른 학교의 논제를 선택하여 자리를 옮겨 다니면서 토론했다. 어색한 기류가 맴돌기도 했지만, 서로의 의견을 자유롭게 주고받으니 깊이 있게 생각할 수 있었다. 내가 토론 전 공개된 다른 학교 토론 주제에 대해 미리 생각해 보지 않았던 것이 아쉬웠다.

이번 경험을 통해 배경 지식을 넓힐 수 있었고 월드 카페 형식의 토론 경험도 쌓을 수 있었다. 참여해 보지 않았으면 후회할 뻔했다. 뭐든 시도하고, 도전해 보길 잘했다는 생각이 든다.

발표? 아무것도 아니네!

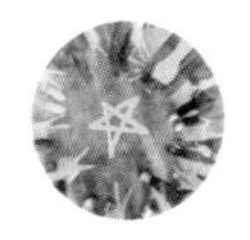

이번 활동은 책 축제 활동이다. 2.28도서관에서 진행되었으며 가장 중요한 활동은 이때까지의 진로 활동을 발표하는 것이다. 동아리원들끼리 발표 자료를 준비하고, 발표해야 했다. 파워포인트를 만들다가 쉽지 않아서 미루다 보니 발표날이 일주일도 채 남지 않았다. 그래서 선생님께서 발표 준비를 도와주셨다. 내가 만들었던 파워포인트와 전혀 달라서 속상했다. 그렇지만 시간이 없어서 선생님께서 만드신 파워포인트 그대로 발표하기로 했다. 대사를 외워서 말해야 했지만, 대사 그대로를 외운 것은 아니다. 파워포인트 화면을 참고하여 발표 내용을 떠올리는 연습을 하다 보니 대본을 보지 않고 말할 수 있게 되었다. 엄청난 연습을 한 것도 아닌데 생각보다 쉽게 외워졌다. 나 스스로가 너무 대견했다. 자신감 넘치는 나의 모습 때문에 발표 당일 실수할까 봐 걱정도 되었지만 뿌듯함이 더 컸다.

발표하는 날 아침이 밝았다. 주말이지만 일찍 일어나서 단정한 학교 교복을 입고 준비했다. 파워포인트를 보며 연습했다. 거의 완벽한 수준이었다. 일이 너무 순조롭게 진행되어 무슨 일이 생기는 건 아닌지 조금 걱정이 되었다. 헉! 발표하는 친구들이 장소를 착각하여 다른 곳에 도착했다는 것이다! 발표 시간이 조금 남았기에 다행이었다. 친구들은 다행히도 발표 전에 무사히 도착했다. 십년감수했다. 동아리원 다 같이 발표 연습을 했다. 이대로만 하면 되겠다고 생각했다. 다른 학교의 발표가 시작되고 점점 '새로 On'의 차례가 다가왔다. 떨렸다. 그렇게 우리의 발표가 시작되었다. 동아리원들은 실수 없이 또랑또랑한 목소리로 발표했다. 전달력도 뛰어났다고 생각한다. 발표는 초등학교부터 고등학교 학생들까지 이루어졌다. 그중 내가 한 활동을 다른 동아리도 했다는 것이 신기했다. 우리 동아리 자랑이지만, '새로 On'팀이 발표를 제일 잘한 것 같다. 완벽히 대본을 외워 발표한 팀은 '새로 On'뿐이었고, 발표자도 많은데 발표가 매끄럽다며 협동력이 보인다는 사회자님의 칭찬도 받았다. 파워포인트를 내가 완성하지 못했다는 아쉬움이 있지만, 이번 발표를 통해 발표하는 법을 알고 익힐 수도 있었다. 다음번에도 이런 발표 기회가 주어진다면 미리 발표 자료를 만들고 연습 시간도 늘려 더 완벽한 발표자가 될 수 있도록 노력해야겠다.

이번 활동 역시 열심히 참여했고 칭찬을 들으니 뿌듯했다. 책 축제 활동의 발표 경험이 앞으로 나의 삶에 있을 발표에 도움이 될 것이다.

우리 지역 독서 문화 행사를 활용해 보자.

'대구학생 책 축제'는 매년 가을에 열리는 독서 문화 행사로, 학생들과 시민들이 함께 책을 읽고 토론하며 즐거운 시간을 보낼 수 있는 거리를 제공합니다.

2024년 대구 책 축제는 10월 25일(금)~10월 26일(토)까지 대구민주시민교육센터나 2월 8일 기념학생도서관에서 개최하였습니다.

특히, 가족들이 함께 참여할 수 있는 프로그램들이 많이 마련되어 있어, 부모와 자녀가 함께 책을 읽고 토론하는 시간을 가질 수 있습니다.

더 자세한 정보는 대구시 교육청 누리집이나 각 학교의 누리집을 통해 확인할 수 있습니다.

책 축제에 참여하여 즐거운 독서 문화를 경험해 보세요.

내가 그토록 바랐던 대회에 참가하는 날

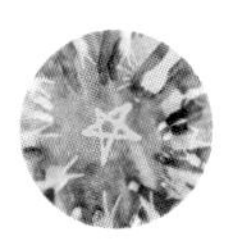

오늘은 동아리 회원이 되어 가장 하고 싶었던 대회 활동인 꿈청진기 대회가 시작되는 날이다! 꿈청진기는 '꿈 찾는 청소년 진로 탐구 기업탐방'의 줄임말이다. 이 대회는 기업을 탐방하고, 그 기업과 관련된 기사와 광고를 만드는 대회이다.

9월 28일, 뜨거운 햇볕이 들면서도 바람은 좀 서늘해진 어느 날이었다. 10시 시작인 OT에 여유를 두고 도착하기 위해 일찍 집을 나섰다. 도착하니 9시 20분이었다. 매일신문사에 있는 안내를 따라 OT 장소에 무사히 도착했다. 팀 '새로 On'으로 출석 확인을 하고 선물을 받았다. 선물 상자에는 기자로 일하는 데 필수인 노트와 볼펜, 형광펜이 들어 있었다. '꿈청진기'라고 적힌 흰색 티셔츠도 받았다. 대회에 참가하는 것이 실감 났다. 그리고 각종 안내서와 작년, 재작년 신문도 보여주셨다. 최선을 다해서 좋은 성과를 내야겠다고 생각했다. 걱정이 되기도 했지만, 팀 '새로 On'으로 나가는 대회는 처음이었기에 설레었다. OT 전 해야 할 일을 마치고 나니, 배가 고팠다. 매일신문사 가는 길에 봤던 햄버거 가게가 머릿속을 스쳤다. 고민은 먹는 시간만 늦출 뿐. 바로 가게로 달려가 햄버거를 먹은 후 OT 장소에 도착하니 9시 55분, 세이브였다. 도착하니, 학생들로 가득 차 있었다. 마치 우리를 기다렸다는 듯, 우리가 도착하고 얼마 지나지 않아 OT는 시작되었다. OT의 주된 내용은 꿈청진기 진행 방법, 기사의 종류와 쓰는 방법이었다. 기자님에게 들은 기사 쓰는 법을 열심히 필기했다. 하나 얘기해 주자면, 한 개의 기사에 쓸 부분을 나누고, 글 순서 상관없이 그 부분마다 따로 쓰는 것이다. 그러고 나서, 글을 합치면, 부담감 없이 글을 쓸 수 있다고 하셨다. 이 팁을 내가 쓸 기사에 적용해야겠다고 생각했다. 그렇게 OT가 끝나고, 우리 팀이 방문할 기업발표를 보는 순간이었다. 정말 떨렸다. 그리고 내가 가고 싶었던 기업에 우리 팀이 배정되길 속으로 기도하고 있었다. 우리 팀이 방문할 기업은 '대구시의회'와 'TBC'였다. 너무 좋았다. 기업탐방 명단을 봤을 때 고등학교도 있었다. 뜨악! 놀랐다. '고등학생을 우리가 이길 수 있을까?'라는 생각을 하게 만들었지만, 내 승부욕을 자극했다. 주먹을 불끈 쥐고, 꼭 고등학생도 이기고, 좋은 성과도 거둘 것이다.

10월 14일, 드디어 기업탐방을 하러 가는 날이 되었다. 우리가 먼저 가게 된 기업은 TBC였다. 기업탐방 시간이 오전이어서, 학교 수업 중 3, 4교시를 빠지고 방송국으로 향했다. 가장 먼저 간 곳은 뉴스룸과 방송 세트장이었다. 불이 서서히 켜지고, 뉴스룸의 모습이 보였다. TV에서 봤던 그 장면이 그대로, 눈앞에 보이니 신기해서 감탄이 절로 나왔다. 방송국의 모습을 열심히 눈에 담았다. 방송을 내보내는 곳, 편집하는 곳 등 여러 곳을 갔다. 그곳에 계셨던 편집자분이나 아나운서분에게 자유롭게 질문을 할 수 있어서 좋았다. 라디오 실에도 들어가 보고, 직접 앉아서 사진을 찍기도 했다. 특별하고 값진 경험이었다. 마지막으로, 탐방 중에 질문하지 못했던 것을 묻고 답하는 시간도 가졌다. 내 메모장이 TBC로 가득 찼다. 학교 수업을 빠진 만큼 기업탐방을 열심히 한 것 같아 뿌듯했다.

두 번째 기업방문은 10월 23일이었다. '대구시의회' 방문 날이다. 이번에는 학교 수업 5, 6교시를 빠지게 되었다. 의회에 도착해서 외관이 가장 먼저 눈에 들어왔다. '의회' 두 글자에서 웅장함이 느껴졌다. 이곳에서는 TBC에서와 달리, Q&A 시간만 가졌다. 의원님께 질문을 미리 보내지 못해서, 준비해온 질문을 즉석에서 했다. 친절하게, 꼼꼼히 답변해 주셔서 좋았다. 질문 시간이 끝나고, 다른 학교 학생들은 다 갔는데, 우리 팀은 남아서 사진을 더 찍어도 되냐고 여쭈어봤다. 흔쾌히 허락해 주셔서 의장석에도 앉아보았다. 내가 진짜 의장이 된 것 같았다. 사진도 예쁘게 찍고 의원님과도 얘기를 좀 더 나눈 뒤 기업탐방이 끝났다. 시의회를 더 둘러보지 못한 것이 아쉬웠다.

아직도 대회가 진행되고 있다. 기한일까지 열심히 쓰고, 고치고, 만들어서 좋은 결과를 낼 수 있었으면 좋겠다.

진로역량을 기르는 기회, 진로체험 계획을 세워보자.

* 진로체험을 기획하는데 유용한 사이트

- 커리어넷은 교육부에서 운영하는 진로 정보망으로, 학생, 학부모, 교사에게 다양한 진로정보를 제공한다. 커리어넷을 통해 진로 심리검사, 진로상담, 직업 및 학과 정보, 진로 동영상 등 다양한 서비스를 이용할 수 있다.
- 꿈길 사이트는 학생들이 다양한 진로체험을 할 수 있도록 지원하는 교육부의 온라인 플랫폼이다. 꿈길 사이트를 통해 학생들은 다양한 진로체험, 프로그램을 검색하고 신청할 수 있다.

책에서 일상생활까지

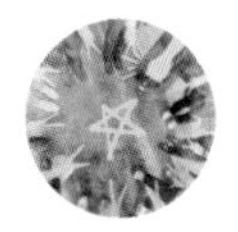

한동안 기후, AI 등과 관련된 정보를 알려주는 책을 읽고 있었다. 동아리원들이 재밌는 소설책도 읽고 싶다고 하여 선생님께서 추천해 주신 책이 '비스킷'이다. 프롤로그를 읽었는데 비스킷에 대한 정의만이 나열되어 있었다. 좀 지루하게 느껴졌다. 그래서 책이 재미없을 줄 알고 책 읽기를 미루고 미루다가 선생님과 동아리원들이 정말 재밌다고 하고 나서야 읽었다. 프롤로그만 넘어가니까 정말 재밌었다. 왜 청소년 성장소설로 2024년 대구 올해의 책으로 선정되었는지 알 것 같았다.

주인공 제성이는 뛰어난 청력으로 희미해서 눈에 보이지 않는 사람(비스킷)을 숨소리로 찾을 수 있고, 대화할 수 있다. 그렇게 대화를 통해 비스킷의 자존감을 높여주는 이야기이다.

제성이는 비스킷의 사회 적응을 도와줄 때 좋다고는 할 수 없는 방법을 사용했다. 비스킷이 되게 만든 사람(가해자)에게 소소한 복수를 하였다. '이것이 과연 옳은 방법일까?'에 대한 주제로 동아리원들과 토론했던 것이 가장 기억에 남는다. 의견이 가장 많이 나뉘었기 때문이다. 우선, 나의 입장은 옳지 않다는 것이다. 제성이가 대신 복수를 한다고 해서 비스킷의 마음이 좋아질 것도 아니고, 가해자의 화만 더 북돋을 것이다. 복수한다면 선한 마음으로 비스킷을 도와주기로 한 제성이마저 나쁜 사람이 된다. 또한 가해자에게 보복을 받을 수도 있다. 그렇지만 제성이가 자신의 뛰어난 청력을 비스킷을 돕는 방법으로 이용한 것은 아주 칭찬할 만한 행동이라고 생각한다.

이 책을 일상생활에 적용해 보는 토의도 했다. '우리 주변에도 비스킷 같은 존재가 있는가? 그럴 때 우리는 어떻게 하고 있나?'라는 주제로 말이다. 비스킷 같은 존재를 반에 적용한다면 겉도는 친구라고 생각한다. '어떻게 하면 반에서 소외된 친구가 부담스럽지 않게 다가갈 수 있을까?' 토의에서 나온 방법은 반 친구들끼리 보드게임을 하는 등 놀 때(같이 노는 친구들의 동의를 받거나 설득 후) 같이 추억을 만드는 것이다. 나는 책을 읽기 전과 후 모두 소외되는 친구와 같은 모둠이 된 적이 있다. 책을 읽기 전 같은 모둠일 때는 적극적으로 그 친구한테 다가가지 않았다. 그 친구가 함께 모둠 활동에 참여하려면 자신이 먼저 다가올 줄 알았다. 큰 오산이었다. 책을 읽은 후 같은 모둠이 되었을 때의 나는 조금 달랐다. 같이 추억을 쌓으며 놀지는 못했지만 적어도 먼저 다가가서 말을 한마디라도 더 걸려고 노력했다. 모둠 활동 때에는 같이 참여하도록 챙겨주었다. 그런데 내가 아무리 노력해도 그 친구는 먼저 말을 걸지 않아 좀 속상하기도 하고, 나만 다가가는 듯한 느낌을 받았다. 시간이 좀 더 필요한 거겠지…? 언젠가는 모든 친구가 어울려 지내는 날이 왔으면 좋겠다.

이 책을 재밌게 읽은 후, 토론을 통해 내용을 더 깊이 이해할 수 있었다. 특히, 책의 내용을 일상생활에서도 적용하여 책의 내용 중 버리는 것 없이 내가 흡수하는 느낌을 받았다. 앞으로의 학교생활에서도 소외되는 친구가 있다면, 먼저 도움을 줄 것이라고 다짐한다.

안동 문학 여행 - 리더가 되…

- 꺼리어로드 스콜라(길에서 진로를 찾다!) -

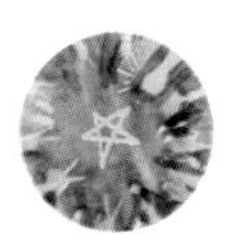

이번 진로동아리 여행의 카테고리는 문학 여행이다. 그나마 관심 있는 분야여서 다행이라고 생각했다. 여행가는 날이 3학년 시험 기간이라 팀장 역할은 2학년이 맡았다. 나는 1팀 팀장이었다. 이번 진로 체험은 내가 처음으로 팀장을 맡은 여행이었다. 그래서인지 부담감도 크게 느껴졌고 책임감 있게 행동해야겠다고 다짐했다. 나의 역할은 5가지 정도가 있었다. 첫 번째는 팀원들이 책을 잘 읽을 수 있게 도와주는 것이었다. 두 번째는 책의 내용을 더 깊이 이해하기 위한 문제와 논제를 만드는 것이었다. 세 번째는 여행에서 팀원 상태와 인원 파악하기였다. 네 번째는 새로운 소식을 팀원에게 알리는 것이었다. 마지막 다섯 번째는 팀원들과 시간을 보내며 사진을 찍는 것이다.

문학 여행으로 안동을 가기 전 배경 지식을 넓히기 위해 '몽실 언니'라는 책을 읽었다(우리가 가는 곳 중 한 곳이 이 책 저자의 생가). '아는 만큼 보인다'라는 말의 힘을 믿고 말이다. 팀장이어서 좋은 점이 많았다. 평상시의 나였다면 책을 다 읽지 못했을 것이다. 그런데 이번에는 달랐다. 모범을 보여주어야 한다는 생각에 책을 끝까지 읽을 수 있었다. 물론 재미도 있었다. 문제를 만들면서는 인물과의 관계, 사건 등을 한 번 더 정리할 수 있었다. 논제를 만들면서는 책의 핵심을 파악할 수 있었다. 팀원들에게 한 개라도 많이 알려주기 위해 권정생이라는 이 책의 작가에 대해서도 많이 찾아보았다. 가르쳐주는 사람이 가장 많이 배운다는 말이 맞는 것 같다고 생각했다.

안동을 가는 당일 팀원들이 제시간에 도착했다. 좋은 시작이라 생각되어 뿌듯했다. 팀원들 인원수를 파악하고 선생님께 말씀드렸다. 선생님이 훌륭하다고 나한테 칭찬해 주셔서 기분이 정말 좋았다. 이육사 문학관, 월영교, 이육사 시비, 권정생 생가, 권정생 동화마을 등 많은 곳을 갔다. 그중 가장 기억에 남는 것은 점심 식사 시간, 월영교, 권정생 생가이다. 점심으로 찜닭을 먹으면서 서로 말을 나눌 겨를도 없이 허겁지겁 먹었다. 그만큼 오전 활동을 열심히 하기도 했었고 맛도 있었다. 안동이 찜닭으로 유명하다고 한 이유를 한 번에 설명해 주는 맛이었다. 점심도 먹었겠다. 기분이 더 좋아졌다. 행복했던 점심 후 월영교에서는 팀원들과 더 친해질 수 있는 계기가 되었다. 사진도 많이 찍고 이야기도 좀 나눌 수 있었다. 그만큼 자유롭게, 살짝은 여유롭게 다닐 수 있어서 좋았었다. 권정생 생가는 내가 가장 기대했던 장소였다. 책을 읽으면서 작가에 대해 찾아보다가 실제로 보고 싶은 마음도 커졌다. 실제로 가보니 충격적이었다. 권정생 작가는 돈이 아주 많았는데 엄청 좁은 집에서 살았다. 평생 사신 방에 들어가 보니 우리 집 거실 정도의 크기였다. 내가 만약 권정생 작가의 처지라면 이사를 했을 것이다. 넓고 도시에 있는 집으로 말이다. 하지만 권정생 작가는 사치를 부리지 않고 자연과 어우러진 삶을 살았다는 느낌이었다. 그런 권정생 작가가 정말 존경스럽다.

돌아오는 길에는 소감 나누기를 했다. 나는 그때 "팀장이 아니었다면 끝까지 읽어보질 못했을 책을 이번 활동을 통해 읽을 수 있어서 좋았습니다. 그리고 팀원들이 저를 믿고 따라주면서 안전하고 재밌는 활동이 될 수 있었던 것 같습니다."라고 말했다. 내 느낌을 잘 정리해서 말한 것 같다고 생각했다. 출발할 때 지도교사 선생님께서 "나 힐링하고 싶어." 라고 말씀하셨다. 그 후 그 말을 계속 생각하면서 선생님을 도우려고 했었다. 학교에 도착한 뒤 "덕분에 편안했고, 힐링이 됐어."라는 선생님의 말씀을 들었다. 그때 리더로서의 보람을 느꼈고 이번 여행을 준비하면서 힘들었던 것을 보상받는 느낌도 들었다. 다음에 또 여행을 간다면 다시 한번 리더 역할을 하고 싶다. 이때의 보람을 오랫동안 잊지 못할 것이다.

이 활동이 끝난 며칠 후 시상식이 있었다. 보고서를 작성한 학생에게 주는 문화상품권, 함께한 사진을 여러 장 찍는 등 활동이 우수한 팀에게 주어지는 포토제닉상이 있었다. 팀원들이 있는 카톡방에 보고서를 작성하면 상품권을 준다고 여러 번 공지했었다. 우리 팀원 중 한 명을 제외하고는 다 제출했다. 다른 팀보다 훨씬 많은 인원이었다. 팀 전원이 보고서를 제출했다면 더 좋았겠지만, 뿌듯했다. 사실 우리 팀은 활동할 때 포토제닉상을 노리고 활동했다. 팀 사진도 많이 찍고, 간식도 나누어 먹는 등 팀워크가 남달랐다. 그 결과, 1팀이 포토제닉상도 받았다. 내 바람대로 우리 팀이 거의 모든 상을 싹쓸이했다. 말로 표현할 수 없을 만큼 좋았다. 학급 반장을 여러 번 했던 것이 도움이 되었다고 생각한다. 이번 팀장 경험도 또 다른 나의 행보에 도움이 되리라 믿는다.

에필로그

세상에 있는 학생들이 다 꿈이 있는 것은 아니다. 그렇다고 해서 제자리에 머물러 있는 것도 아니다. 모두 자신이 할 수 있는 바에 최선을 다하며 지내고 있는 것만 기억했으면 좋겠다. 동아리 활동 중에 만났던 분이 "자신이 해나간 것이 유의미해지는 날이 온다. 큰 계획이 없더라도 불안할 필요 없고 현재에 할 수 있는 것을 하나하나 해보면 언젠가 유니버스로 연결될 것이다."라고 말씀하셨다. 이 말은 꿈이 없다고 천진난만하게 지내도 된다는 것이 아니라 한 걸음, 한 걸음 나아가라는 말이라고 생각한다.

아직 꿈을 찾지 못했거나 혹은 다양한 꿈들의 경계에서 고민 중인 많은 이들에게 내 글을 바치고 싶다. 내 글을 통해 독자들이 조금이나마 여유를 가지고 자신의 꿈에 대해 천천히 생각해 보고 나아가는 첫 디딤돌이 되었길 바란다. 모든 이들의 꿈이 아직은 안개가 낀 듯 선명하지 않을지라도 언젠가는 하늘에 반짝이는 별들처럼 밝게 빛날 것이라 굳게 믿기에 '술래로서의 도전'을 즐겼으면 하는 마음이다.

'글을 어떻게 쓰면 잘 썼다고 소문이 날까?', '어떻게 써야 재밌으면서도 내가 전달하고자 하는 의미를 잘 표현할 수 있을까?' 수없이 고민하고 또 고민했다. 그 결과 20번 넘게 수정하는 과정을 거쳐 글을 마무리지을 수 있었다. 재밌고, 또 유용한 글이 되었길 바라면서 나의 이야기를 마무리해 본다.

말잡이의 주절주절

서한나

프롤로그

★

말과 글로 나의 미래를 밀어서 잠금 해제

나는 언어를 좋아하고, 사람들 앞에서 말을 더 잘하고 싶은 '말잡이'이다. '뼈문과'인 나는 세계의 다양한 언어를 배우는 것이 재미있기도 하고, 국제 이슈에 관심이 많아 미래에 어떤 직업을 가지든 세계의 공익을 위해 일하는 사람이 되고 싶다. 이런 나의 특징을 잘 살릴 수 있는 국제고등학교에 진학하게 되었다. 중학교 생활을 하면서 동아리에서 한 여러 활동과 수많은 발표, 그리고 면접 준비 덕분에 말하기 실력이 조금 늘긴 했지만, 아직 너무 부족하다고 느껴진다. 고등학교 3년 동안 평생 내 삶에 도움을 줄 적극적인 성격과 말하기 실력을 기르는 게 내 가장 큰 목표중 하나이다. 인간만이 가지고 있는 언어, 그리고 언어의 가장 핵심적인 요소인 '말'은 잘 사용한다면 인생에서 정말 중요한 자산이 된다고 생각하기 때문이다.

펠리컨처럼 꿈을 꾸자!

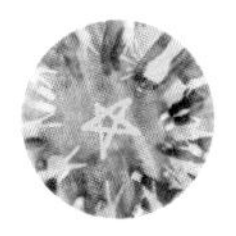

누구나 어릴 적 그렇듯, 나는 어릴 때 꿈이 쉴 새 없이 바뀌었다. 꿈이 다양하기도 했지만, 현실적인 문제 따위를 두려워하지 않고 멋있어 보이면 뭐든 꿈으로 삼았던 게 내가 어린 시절 꿈을 꾸던 방식이었다. 유치원 때는 동계 올림픽의 김연아 선수를 보고 피겨 스케이팅 선수가 되겠다고 신나게 이야기하고 다녔고, 초등학교 저학년 때는 아버지께 아프리카의 굶주린 어린이들에 관한 이야기를 들으며 유니세프의 사무총장이 되겠다고 다짐했다. 지금 다시 생각해 보면 너무 터무니없어서 웃음이 나오기도 하지만, 아무리 크고 막연하더라도 꿈이라면 꾸고 본 어린 시절의 내가 대단하게 느껴진다.

조금 나이가 들고 나서는 글 쓰는 것에 관심을 가지고 기사 형식의 글을 써 보면서 진지하게 신문 기자가 되고 싶어 했지만, 그 꿈 또한 오래 가지는 않았다. 내가 처음으로 꽤 오래 가지고 있었던 꿈은 소설 작가이다. 나에게는 초등학교 5학년 때 해리 포터 시리즈를 처음으로 읽은 게 인생의 전환점 중 하나라고 할 정도로 인상 깊었다. 설정과 스토리가 탄탄하고 흥미로웠던 해리 포터에 매료되면서 나도 해리 포터 시리즈처럼 많은 사람을 행복하게 해주는 판타지 소설을 쓰고 싶다는 막연한 생각으로 출발한 꿈이었다. 중학생이 되고 어느 순간 기억 속으로 사라진 꿈이지만, 처음으로 진지하게 가져본 장래 희망이기에 소설 작가라는 직업은 내게 의미가 크다.

그 후로 중학교 생활을 하며 처음 가져본 꿈은 통역사이다. 이 꿈을 가질 무렵 여러 스포츠에 관심을 가지기 시작했는데, 경기 도중 작전 타임, 또는 경기 후 인터뷰에서 감독이나 선수들의 말을 다른 언어로 옮겨주고 의사소통에 도움을 주는 통역사라는 직업이 의미 있게 느껴졌다. 학교에서 진로 수업을 하며 나의 가장 큰 흥미나 특기가 언어라는 생각이 들기 시작할 무렵이기도 했다.

현재 나의 꿈은 나의 현실적인 직업 가치관과 적성을 어느 정도 타협했다고 할 수 있는 마케터이다. 마케터라는 꿈을 꾸게 된 가장 큰 계기는 진로탐색토론동아리 활동이다. 창의체험동아리 축제 부스, 학교 내 부스 등 우리 동아리의 다양한 활동을 홍보하는 포스터를 친구들과 같이 만드는 일을 해보면서 홍보물 제작에 처음 관심을 가지게 되었다. 이 포스터를 보는 사람들의 이목을 끌기 위해 가장 강조해야 하는 부분이 어디인지, 폰트나 디자인을 어떻게 해야 깔끔해 보이는지 등을 고민하고, 그런 고민을 반영해서 실제 포스터를 만드는 게 재미있게 느껴졌다. 이런 경험을 바탕으로 여러 종류의 마케터 중에 데이터 분석보다는 홍보에 초점을 맞추는 콘텐츠 마케터나 브랜드 마케터의 꿈을 꾸게 되었다. 동아리에서 '광고천재 이제석'이라는 책을 읽은 것도 내 꿈을 더 구체화하는 데 도움이 되었다. 나는 이때까지만 해도 막연하게 마케터가 되어서 좋은 직장에 취직해 좋아하는 일을 하며 돈을 많이 벌겠다는 생각이 컸었다. 하지만 상업적 광고로 자신의 이익을 더 챙길 수도 있었던 이제석 님이 경제적으로 어려운 상황 속에서도 자신의 뛰어난 창의성과 아이디어를 공공의 이익을 위해 쓰며 공익 광고 제작에 힘쓴 이야기에서 큰 깨달음을 얻었다. 내가 마케터가 된다면 물론 경제적 이익도 중요하지만, 사회적 문제 등을 알리며 공공의 이익을 추구하는 마케터가 되어 사회에 기여하고 싶다는 생각도 문득 들었다.

이렇게 어릴 때부터 여러 꿈을 가지며 현재는 마케터라는 장래 희망을 품고 있지만, 사실 마케터라는 꿈도 어느 정도는 '학교용 꿈'이라고 할 수 있는 부분도 있다. 학교에서는 나의 꿈을 조사하거나 발표하는 활동이 여러 과목에서 너무나 많이 이루어지기 때문에 그 활동들을 하다 보면 그 직업이 약간 질리기 시작한다. 또 아무리 많은 직업을 탐색해 봐도 경제적 보수와 나의 적성, 이 두 마리 토끼를 한 번에 잡는 직업을 찾기는 어려운 것 같다. 가끔은 '내가 너무 꿈을 문과나 인문, 사회 분야의 틀에 가두고 있나?'라는 생각이 들기도 한다.

그래서 아직은 너무 한 장래 희망에 몰두하고 싶지 않다. 사람 일은 어떻게 될지 모르는 것이고, 구체적인 직업은 대학교에서 공부하면서 여러 조건을 따져가며 정하는 것이 맞기 때문이다. 이렇게 모든 조건을 따져가면서 까탈스럽게 직업을 탐색하기보다는, 꿈이 비현실적이든 아니든, 돈이 되든 되지 않든 일단은 그것을 이루기 위해 최대한의 노력을 하고 싶다. 자신보다 훨씬 큰 동물도 일단 입에 넣고 보며 '일단 시도함'의 정신을 실천하는 펠리컨처럼 말이다.

나의 끈기에 대한 고찰

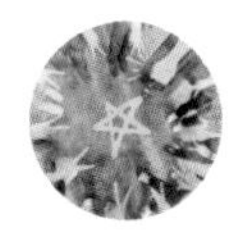

요즘 들어 나, 그리고 나의 미래에 대해 많은 생각을 하고 지내는 것 같다. 최근 내린 결론이 하나 있는데, 내가 정말 지독하게 끈기와 의지가 없다는 것이다. 나는 되고 싶은 것도 많고 잘하고 싶은 것도 많지만, 그것을 이루기 위해 뭔가 끈질기게 노력을 해보거나 환경을 극복하려고 힘을 써 본 적이 단 한 번도 없는 것 같다. 예를 들어, 이번에는 꼭 체육 수행평가에서 A를 받아보겠다고 마음을 먹었지만, 몇 번 연습해 보고는 '타고나게' 약한 내 체력과 운동 신경을 핑계로 '에이, 체육인데 그냥 C 받고 말지'라고 포기해 버린 적이 한두 번이 아니다. 이런 순간이 내 인생에서 수도 없이 많았다. 이런 나의 성격을 얼마 전에 깨닫고 '멘붕'을 느꼈는데, 이 성격으로는 시험과 스트레스가 휘몰아치는 고등학교에서 살아남을 수 없을 것만 같다는 생각이 들었기 때문이다. 이미 중학교에서도 부족한 의지 때문에 시험을 칠 때마다 성적이 뚝뚝 떨어지고 있는 판에 이 상태로 고등학교라는 중학교와는 완전히 다른 별에 떨어진다면 큰일이 날 것 같다. 처참한 수학 시험 성적을 보고도 '시험이 어려워서 그래', '내가 수학을 원래 못해'라며 수학 실력을 늘릴 생각은 하지도 않고 수학 성적 없이 원하는 대학에 갈 방법만을 물색하고 있을 내 모습이 뻔하다. 이렇게 위기를 직감하고 나니 나의 미래를 위해 내 약해 빠진 정신력을 강하게 키워야겠다는 생각이 들었다.

나는 가벼운 수준이지만 부정적인 생각에 자주 빠지는 편이다. 별것도 아닌 일에 스트레스를 받고, '난 왜 이러지?'라는 생각을 자주 한다. 초등학생 때부터 항상 나의 장점을 적는 칸에 '긍정적임'을 쓰던 순수했던 내가 왜 이렇게 비관적으로 변했는지는 잘 모르겠지만, 긍정적인 생각을 자주 하다 보면 이러한 생각을 버리게 되고 내 정신력도 더 단단해질 것 같다는 생각이 들었다. 우선, 자주 쓰는 앱에 자신감을 불어넣어 주는 문장을 매일 볼 수 있게 설정해 뒀다. 문장들이 조금 오글거리기도 하지만, 그런 문장들을 매일 보다 보면 나도 자연스럽게 그런 생각을 하게 되지 않을까?

또 일상에서 사소한 일에도 끈질기게 임하는 습관을 길러야 할 것 같다. 물론 나만 그런 것은 아니겠지만, 지금의 나는 공부를 하다 사소한 다른 생각이라도 들면 바로 그것에 휩쓸려 딴짓한다. 멍을 때리다가 할 일을 모두 내일로 미루고 잠이 들어버리는 것은 일상이다. 그 작은 유혹 하나만 이기면 내일의 내가 덜 고통스러울 텐데 말이다. 이런 일상을 매일 반복하다 보니 어느덧 무의식적인 생활 방식이 되어버렸다. 그래서 앞으로는 내가 당장 해야 하는 일과 그 일을 지금 포기하면 일어날 일을 의식해야겠다. 사람은 누구나 공부, 독서 등 지루한 것들을 하다 보면 더 재미있는 SNS나 동영상 시청을 하고 싶어지는 게 당연하다고 생각한다. 하지만 '이것도 못 끝내고 딴짓하면 사람이 아니지'라는 생각으로 작더라도 목표를 세워놓고 할 일을 하면 아무리 의지가 없는 나라도 조금이라도 오기가 생기지 않을까? 꼭 해야 하는 일에 집중한 후에 원하는 것을 하는 습관을 만들고 목표를 조금씩 늘려나가다 보면 어느새 끈기가 생겨 있을 것 같다.

우리가 아는 모든 성공한 사람들은 목표를 달성하겠다는 강인한 의지와 끈기, 인내심으로 꿈을 이뤘다. 지금 나는 이런 고민이 정말 크게 느껴지고 여러 생각이 들지만, 먼 훗날 꿈을 이뤘을 때는 사소하고 하찮은 고민거리라고 느껴질 것도 같다. 지금은 고민도 걱정도 많지만, 먼 훗날 지금의 나를 떠올리며 웃을 수 있는 성공한 내가 되기 위해 앞서 말한 노력을 포기하지 않고 계속해 나가고 싶다.

나의 버킷리스트를 적어보자.

버킷리스트는 2007년 영화 '버킷 리스트: 죽기 전에 꼭 하고 싶은 것들(The Bucket List)'을 통해 대중적으로 알려졌다. 영화에서 시한부 판정을 받은 두 주인공은 죽기 전 하고 싶은 일들의 목록을 작성해 함께 여행을 떠난다. 영화로 인해 버킷리스트는 삶의 만족도를 높이기 위해 활용되는 수단 중 하나로 널리 인식되었다. 마케팅이나 예술 등 여러 분야에서 버킷리스트를 모티브로 사용하기도 한다. (출처: 다음백과)

내 꿈의 터닝 포인트

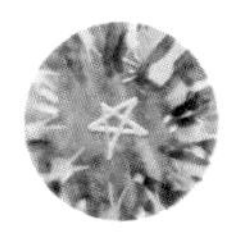

나의 중학교 2학년 2학기는 진로 활동만 하다가 끝났다는 생각이 들 정도로 진로 활동으로 가득 찬 학기였다. 그 수많은 활동 중에서 '꿈청진기' 활동, 그중에서도 광고 제작 활동이 나에게 가장 큰 영향을 주었다. 꿈청진기는 '꿈 찾는 청소년 진로 탐구 기자단'이라는 뜻으로, 대구의 여러 기업을 직접 방문해 취재 활동을 한 후 그 기업에 관한 신문 기사를 쓰고 광고 홍보물을 만드는 활동이다. 진로 선생님께서 이 활동에 참여할 사람을 모집한다고 하셨을 때, 나는 처음에는 진로 활동보다 시험공부에 집중해야겠다는 생각에 참여를 고민하고 있었다. 하지만 친구들이 재밌을 것 같다고 신청하는 바람에 나도 이끌려 결국 참가하게 되었다. 힘든 점도 분명 있었지만, 꿈청진기의 여러 활동 중 광고를 만드는 활동은 정말 재미있었고 나에게 큰 감명을 주었다. 결국 이 활동이 마케팅이라는 내 적성과 진로를 찾는 데 큰 전환점이 되었다고 생각한다.

꿈청진기 활동의 첫 단계는 팀을 꾸리고 탐방할 기업을 정하는 것이었다. 여러 기업 중 방문해 보고 싶은 순서대로 우선순위를 정했는데, 우리는 최종적으로 대구광역시의회와 한국지능정보사회진흥원에 탐방을 하러 가게 되었다. 처음으로 탐방을 하러 간 곳은 대구광역시의회였다. 학교를 마치고 바로 시의회에 갔기 때문에 시간이 부족해 가는 길에 친구들과 대구광역시의회와 관련된 뉴스 기사나 정보를 찾아보고 물어볼 질문들을 정했다. 시의회에 도착해 본회의장에서 시의원분께 시의원이라는 직업과 시의회에 대한 설명을 들었고, 질의응답 시간을 가졌다. 다른 학교 학생들은 시의회와 관련된 직업에 관한 기본 질문을 주로 물어본 반면 우리는 시의회에서 현재 진행하고 있는 정책이나 사회적 문제에 관한 질문을 준비해갔기에 뿌듯하기도 하고 특별한 느낌이 들었다. 기사에 중요하게 넣을만한 내용은 계속 메모장에 적으며 시의회를 알리는 기사와 광고를 어떻게 제작할지 계속 아이디어를 나눠 보았다.

몇 주 후, 다행히 학교 근처에 위치해 도보로 오갈 수 있었던 한국지능정보사회진흥원(NIA)에 탐방을 하러 갔다. 이때도 마찬가지로 여러 기사를 찾아보며 질문을 준비해서 갔고, 직원분과 질의응답 시간을 가졌다. 우리 주변에 있는 공공기관이지만 처음 아는 사실이 정말 많았다. 질의응답 시간이 끝나고 기관을 직접 돌아다니는 시간을 가졌고, 기사에 넣을 사진도 많이 찍었다. 두 차례의 탐방을 모두 시험 기간 중 하교 후에 시간을 내어 가야 했기 때문에 피곤하기도 했지만, 내가 몰랐던 우리 지역의 여러 기관에 대해 자세히 알 수 있었던 시간이었다.

탐방을 다녀왔으니 이제 기사를 쓸 차례였다. 팀에서 친구와 역할을 분담해 나는 대구시의회의 기업 소개 글을 써야 했다. 시의회에서 하는 일뿐만 아니라 시의회의 구성이나 최근 발표한 조례 등에 대한 자료도 찾아보며 글을 써 보았다. 기사 형식의 글을 써 본 것은 초등학교 때 이후로 처음이었기 때문에 처음에는 조금 어색하고 서툴렀지만, 친구들과의 의논을 통해 꼭 필요한 내용은 추가하고 필요 없는 내용은 삭제하면서 글을 조금씩 완성해 갔다.

광고 제작은 제출 기한 약 일주일 전부터 빠듯하게 시작했기 때문에 결과가 조금 아쉽게 나왔다. 하지만 내가 새로운 꿈을 꾸게 하는 데 가장 많이 이바지한 활동이었다. 우선 미리캔버스라는 사이트를 이용해 초안을 만들어 보았다. 초안은 시의회 본회의장 사진과 의회 마크 아래에 '대구 시민의 목소리, 대구광역시의회'라는 문구와 시의회를 소개하는 문장 하나를 넣은 것이 전부였다. 하지만 그것만으로는 광고로서의 임팩트가 약했기 때문에, 선생님께서 대구시의회에 대한 설명과 의회 청사의 사진을 추가했으면 좋겠다고 하신 것을 반영해 친구와 함께 계속 광고를 수정해 나갔다. 먼저 삼권분립을 연상시키는 삼각형 모양으로 대구시의회의 슬로건인 '함께하는 민생의회, 행동하는 정책의회'라는 문구와 대구시의회에서 지향하는바, 그리고 시행하는 주요 정책의 예시를 적어보았다. 또 의회 청사의 사진을 광고 아래쪽에 반투명하게 추가했고, 광고 하단에 대구시의회의 위치, 홈페이지 주소, 전화번호까지 적었다. 마지막으로 친구의 아이디어로 '대구 시민의 목소리'라는 문구를 시의회의 이미지를 더 강렬하게 보여주는 '대구의 미래를 쥔 열쇠'라는 문구로 바꿨다. 결과물은 초안보다 훨씬 광고다워 보였고, 조금만 더 발전시킨다면 정말 대구시의회의 광고로서 시의회를 시민들에게 긍정적으로 알릴 수 있는 모습을 가질 수도 있겠다는 생각이 들었다.

이 광고 제작 활동이 내가 새로운 꿈을 꾸게 하는 데 많은 영향을 미쳤다. 꿈청진기 이전에 동아리에서 진행하는 활동 포스터를 제작해 보았을 때부터 이런 홍보물 제작에 흥미를 느꼈지만, 꿈청진기를 통해 한 기관을 홍보하는, 제출 기한이 있는 홍보물을 만들어 보는 경험을 처음 해보았다. 어떻게 하면 더 많은 사람에게 이 기관에 대한 긍정적인 이미지를 심어줄 수 있을지 고민하고, 그 고민을 반영해 다양한 폰트와 색을 시도해 보면서 광고를 완성해 가는 과정이 내 적성에 잘 맞는다는 생각이 들었다. 이렇게 따라온 나의 진로에 대한 고민은 내가 마케팅이라는 분야에 관심을 가지게 해주었다.

꿈청진기 활동 기간이 기말고사 시험 기간과 겹쳐서 공부와 활동을 병행하는 것이 힘들고 불평도 많이 했지만, 나에게 새로운 꿈을 심어준, 정말 오래 기억에 남을 내 꿈의 터닝 포인트이다. 물론 이 꿈 또한 언젠가 바뀔 수 있기에, 앞으로도 새로운 꿈을 탐색할 기회가 오면 좋겠다.

꿈청진기 활동
(대구시의회를 방문, 의회 소개와
의원과 질의시간을 가짐)

'함께하는 민생의회,
행동하는 정책의회'
대구 시민들의
더 나은 삶을 위한
끝없는 노력
의회
대구경북신공항,
맑은 물 공급 등
지역 주요 현안 해결
대구의 미래를 쥔 열쇠
대구광역시의회
시민들과 발맞춰 대구의 미래를 향해
한 발자국 더 나아갑니다.
https://council.daegu.go.kr/
문의: 053-503-8041

꿈을 쫓는 아이들,
새롭게 내 꿈을 찾은 꿈청진기 활동
직접 제작한 광고
광고부분 우수상 수상작

수행평가, 있어 보이고 간절하면 된다

모두 수행평가의 중요성은 학교 선생님들께 귀에 딱지가 앉도록 들어 보았을 것이다. 전체 성적에서 지필평가만큼의 비중을 차지하는 수행평가도 많고, 수행평가 점수 하나로 성취도가 뒤바뀌는 경우도 잦다. 나 또한 지필평가 성적은 좋지 않았지만, 수행평가를 잘 쳐 간신히 A를 받았거나 지필평가는 잘 쳤지만, 수행평가를 망쳐 B를 받은 등의 경우가 있다. 이렇게 수행평가의 중요성을 실감하고 약 3년간 학교에서 수행평가를 쳐본 결과, 나는 내가 나름으로 수행평가를 잘 관리하는 사람이라고 생각한다. 물론 몇몇 과목들은 준비가 부족하거나 일찌감치 포기해버려 말아먹을 때도 있지만, 수행평가가 있다면 대개 열심히 준비하기 때문이다. 몇몇 과목들은 시험을 준비할 때보다 수행평가에 더 열심히 임한다고 할 수까지 있을 것 같다. 내가 중학교 생활 동안 얻은 수행평가에 대한 꿀팁들과 수행평가 성적 관리법을 평가 유형별로 정리해 보고자 한다.

우선 우리가 가장 자주 맞닥뜨리게 되는 논술평가에 대해 이야기해 보자. 나는 논술평가가 있다면 웬만하면 전날 미리 글을 써 보는 편이고, 이게 가장 효과적이고 안전하게 논술평가를 준비하는 방법이라고 생각한다. 이 경우, 미리 써 본 글을 토씨 하나도 틀리지 않고 똑같이 쓰겠다는 의지로 수행평가 직전에 달달 외우기보다는 글의 흐름이나 주요 내용 정도만 외우는 것이 좋다. 나는 시간이 부족할 때는 글 전체를 다 쓰지 않고 중요한 문장이나 키워드를 써서 프린트해 가기도 한다. 만약 자신이 글쓰기에 자신이 있다거나 최소한의 시간을 활용해 효율적으로 수행평가를 준비하고 싶다면 이 방법을 쓰는 것도 추천한다. 논술평가에 하나의 꿀팁이 있다면, '있어 보이게' 글을 쓰는 것이다. 책을 많이 읽는 친구들에게는 더 쉬울 것이지만, 똑같은 내용이라도 문장이 더 '있어 보인다'면 채점하는 선생님들을 마치 자신이 글을 굉장히 잘 썼다고 생각하도록 홀릴 수 있다. 예를 들면 '-이다. -하기 때문이다'와 같은 뻔한 문장 형식에 조금 변형을 주는 것이다. 특히 '말이 되는 말'만 써도 좋은 점수를 받을 수 있는 평가에서는 이런 팁이 좋은 결과를 만들 수 있다.

다음은 많은 학생이 어려움을 느끼는 구술평가이다. 내가 개인적으로 가장 어려워하는 평가 유형은 구술평가이다. 말하기에 재능이 없기도 하고, 특히 사람들 앞에서 말하는 것에 어려움을 느끼기 때문이다. 나와 같은 친구가 있다면 구술평가에서 좋은 성적을 얻는 방법은 연습밖에 없다. 만약 대본을 써서 어느 정도 외워 말할 수 있는 수행평가라면 논술평가라고 생각하고 대본 전체를 써 보는 것을 추천한다. 다만 기억하기 어렵고 긴 문어체의 글이 아닌 짧은 문장으로 이어졌고 말하기 쉬운 단어를 이용한 구어체의 글을 쓰는 것이다. 논술평가와 마찬가지로 대본을 달달 외우기보다 자연스럽게 이야기하듯이 말할 수 있을 정도로 흐름을 외우는 것이 좋다. 만약 시간 제한이 있다면 어느 정도 속도로 말을 해야 그 시간 안에 말할 수 있는지 확인하기 위해 스톱워치나 녹음기를 켜고 연습하는 것도 좋다. 또 구술평가에는 PPT를 만들어 반 친구들 앞에서 발표를 해야 하는 경우도 많은데, 이때 PPT만 예쁘고 깔끔하게 만들어도 선생님들께 준비를 열심히 했다는 이미지를 심어드릴 수 있다. 따라서 PPT

를 만들 때는 기본 파워포인트 템플릿에 맑은 고딕 폰트만을 쓰기보다는 미리캔버스, 캔바, 슬라이드고 등의 플랫폼을 활용하는 것을 추천한다.

이외에도 많은 선생님께서 진행하는 수행평가 방식은 프로젝트형 평가이다. 말이 프로젝트지, 사실은 신문 만들기, 미니북 만들기, 학습지 포트폴리오, 문제 형식의 평가 등 논술이나 구술이 아닌 웬만한 수행평가는 모두 프로젝트형으로 이루어진다. 이 경우 대부분 수업 시간에 배운 내용이나 자료 조사한 내용을 외워서 쓰거나 문제를 해결해야 하므로 자신이 그 내용을 정리해 보는 것이 중요하다. 미리 수행평가 용지에 어떤 질문이 있는지 알거나 예상되는 질문이 있다면 그 질문에 대한 답을 써 보는 것이다. 이렇게 내용이 정리된 종이를 프린트해서 수행평가 직전까지 계속 보고, 외운 내용을 그대로 쓰기만 해도 자료 조사를 철저히 했거나 준비를 열심히 한 학생으로 보일 수 있다.

사실 그 어떤 '꿀팁'보다도 수행평가에서 가장 중요한 것은 최선을 다하는 것이다. 뻔한 말처럼 들릴 수도 있지만, 수행평가에서 좋은 점수를 받고 싶다면 내가 할 수 있는 모든 것을 다 해야 한다. 특히 음악, 미술, 체육 같은 예체능 과목뿐만 아니라 글쓰기나 말하기에는 어느 정도 재능의 영역이 있기 때문에, 자신이 그 분야에 재능이 없다고 생각한다면 정말 최대한의 노력을 통해 선생님들께 자신의 간절함을 보여주어야 한다. 물론 반 친구들 앞에서 발표하는 것이 부끄러울 수도 있고, 긴 글을 쓰는 것이 오글거릴 수도 있다. 나 또한 그렇게 느꼈던 경험이 정말 많다. 하지만 내 앞에 놓이게 될 성적표를 떠올리며 눈 딱 감고 수행평가에 임한다면 그 결과는 그 순간의 부끄러움이나 오글거림보다 더욱 행복할 것이다. 나의 경험에서 우러나온 이 팁들이 수행평가 만점에서 과목 성취도 A까지 이어지는 데 도움이 되길 바란다.

날 사로잡은 '동네 가게 하나'

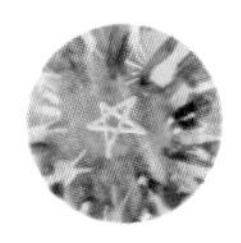

동아리 활동으로 대구 중구 동인동에 있는 제로웨이스트샵이자 비건 밀 카페인 '더커먼'을 방문했다. 대구의 첫 번째 제로웨이스트샵이기도 한 더커먼은 지속 가능한 식사, 쇼핑, 예술을 한 공간에서 즐길 수 있는 복합문화공간이다. 이곳을 방문하고 나서 제로웨이스트가 무엇인지 찾아보았는데, 제로웨이스트는 간단하게 말해서 모든 제품이 재사용되고 폐기물이 없도록 하는 친환경적인 원칙이다. 실제로 더커먼에서는 비건 음식과 친환경 상품들을 제로웨이스트에 익숙하지 않은 사람들도 누구나 즐길 수 있도록 다양한 창의적인 아이디어를 통해 가게를 운영하고 있다.

환경 관련 포스터가 덕지덕지 붙어 있던 가게 입구에는 혼인 평등법의 입법을 촉구하는 서명을 할 수 있는 종이가 놓여 있었는데, 평소 관심 있던 주제라 흥미를 가지고 서명을 남겼다. 가게 입구에서부터 한 사회운동에 동참해 더 많은 사람에게 행복을 가져다주는 데 조금이라도 이바지한 것 같아 기분이 좋아졌다. 나중에 찾아보니 모인 서명들이 이틀 후인 3월 25일에 전달되었다는 소식을 봤는데, 그 서명 중 하나가 내 것이라고 생각하니 뿌듯했다. 또 나는 디자인이 눈에 가던 네 잎 클로버 모양의 배지를 하나 구매했는데, 처음에는 배지 하나치고 꽤 비싼 가격 때문에 고민했지만 네팔 취약계층 여성들이 생산한 핸드메이드 제품을 통해 그들의 자립을 돕는 브랜드의 제품이라는 것을 보고 구매를 결심한 것이었다. 나에게도 소중한 물건이 되었지만, 그 배지를 만든 여성분에게도 소중한 물건이라는 생각이 들었기 때문이다. 이처럼 더커먼에서 볼 수 있는 물건들은 모두 친환경적이거나 취약계층을 돕는 제품들이었다. 병뚜껑을 색깔별로 모을 수 있는 통, 비닐봉지를 리폼해서 만든 파우치, 대나무 칫솔 등 상품들도 신기해서 계속 사진을 찍었던 기억이 난다. 사람들이 여러 향신료나 간식을 소분하여 '쓰레기 없는 장보기'를 실천하며 구매할 수 있게 하는 공간도 이 가게의 특색이기 때문에 원하는 만큼 소분할 용기에 담아 여러 식재료를 사보기도 했다. 또 가게 한구석에는 돌고래들의 자유를 위해 여러 물품을 기부할 수 있는 공간도 있는 등 가게의 모든 것이 사회에 기여를 하는 것 같아 일반 소품 샵이나 카페보다 더 관심이 가고 흥미로웠다.

샵을 이용한 이후 비건 밀 카페를 이용했는데, 치킨, 떡볶이, 파스타 같은 우리가 평소에 자주 먹지만 환경에 그렇게 친화적이지 않은 음식마저 비건으로 만들어 파는 것이 인상 깊었다. 나는 지금까지 비건 음식을 제대로 먹어본 적이 없었기에, 분명 식물성 재료만을 사용했는데 평소 먹던 음식과 똑같은 맛이 난다는 게 너무 신기했다. 가게의 SNS를 보니 우리가 먹었던 음식뿐만 아니라 주기적으로 비건 신메뉴가 나온다는 것을 보고 가게 운영자분의 아이디어가 너무 대단하다고 느꼈다.

그렇다면 이 가게의 이름인 '더 공통'은 무슨 뜻이었을까? '더 공통'은 '보통의 사람들'이라는 뜻을 가지고 있는데, 이곳과 같은 제로웨이스트 샵이 우리의 일상에 평범하게 녹아들면 좋겠다는 바람에서 지어진 이름이라고 한다. 현재로서는 지속 가능한 가치를 지키려는 사람들이 일부 사람들에게 유별나다고 인식되고 있지만, 이들이 사실은 '보통'이라는 말이다. 이 아이디어가 나에게 흥미롭게 다가와서 SNS에서 가게 운영자 분이 올리신 창업 계기 만화를 읽어보았다. 그분이 '그린시티'라고 불리는 영국 브리스틀에서 경험해 보신, 주민들이 제로웨이스트샵이나 채리티샵을 일상적으로 이용하는 문화를 대구에서도 공유하고 싶다는 아이디어 하나에서 출발해 이렇게 감각적이고 의미 있는 공간을 만드셨다는 게 정말 멋지게 느껴졌다. 나도 덩달아 일상에서 지속 가능한 가치를 실천할 수 있는 문화가 한국에서 더욱 확산되면 좋겠다는 바람이 생겼다.

사실 이 활동은 규모가 굉장한 사회적 기업을 방문한 것도, 동아리 활동 중 가장 의미가 큰 것도 아니었다. 오히려 가게 이름의 뜻을 반영해 말하자면 '그저 동네 가게 하나'일 뿐이었지만, 나에게는 왜인지 정말 와닿고 의미 있는 날이었다. 아기자기한 가게의 인테리어나 미감이 나의 취향을 자극해 그런 것인지는 모르겠지만, 이날 이후 환경에 대한 내 생각이 조금 바뀐 것 같다. 친환경 생활에 더 관심을 가지고 실천하기 시작했고, 내가 미래에 어떤 직업을 가졌을 때 수익만을 좇기보다는 환경에 대한 사회적 가치를 실천하고 싶다는 생각이 들기 시작했다. 동아리에서 읽기 시작한 기후 위기에 관련된 책도 평소에는 마냥 재미없다고만 하면서 읽었을 것이지만, 더커먼을 방문하고 나니 조금이라도 흥미를 가지고 읽을 수 있었다. 탄소중립을 위해 거창한 정책을 펼치려고 하기보다는 이렇게 일상생활 속에서 지속 가능한 가치를 실천할 수 있는 문화가 전 세계적으로 더욱 확산된다면, 나는 이보다 더 효과적으로 지구를 지키는 방법이 없으리라 생각한다.

친환경 생활에 관심을 가지고 실천을 하게 해준 더 커먼

죽음 속에서도 사랑, 〈원더랜드〉

영화 〈원더랜드〉 속 '원더랜드'란 이미 사망했거나 사망에 준하는 상태인 사람을 AI 기술로 구현해 주는 서비스를 말한다. '원더랜드' 서비스를 신청한 사람은 사망 또는 준 사망 상태에 이르렀을 때 자신이 원하는 모습으로 원더랜드라는 공간 안에서 존재할 수 있으며, 가족 등 주변 사람들은 이 서비스를 제공받아 그리운 사람들과 언제 어디서든 영상 통화가 가능하다. 이미 죽은 사람이라도 원더랜드 서비스만 있으면 마치 그 사람이 내 앞에서 살아 움직이는 것처럼 언제 어디서든 대화할 수 있다는 것이다. 나는 이 영화를 보기 전에 영화가 지루하다는 등 안 좋은 평을 많이 봐서 조금 걱정이 되기도 했지만, 개인적으로 정말 여운이 많이 남는 영화였고, 무엇보다 AI 기술과 죽음에 대해 생각할 거리를 많이 제공해 주었다.

왜 이 영화가 여러 부정적인 평을 받았는지에 대해 생각해 보았는데, 원더랜드 기술의 현실성에 집중하면서 영화를 보다 보면 지루하다는 생각이 들 수도 있는 것 같다. 아무리 기술이 고도로 발달하더라도 원더랜드와 같이 죽은 사람과 실시간으로 대화를 할 수 있는 기술은 현실에서 절대 불가능한 것이 사실이다. 사후세계의 존재와 자유자재로 교류하는 것은 시공간을 뛰어넘는 판타지적 요소이기 때문이다. 따라서 이 영화에서는 현실성이나 재미를 찾기보다는 이 영화가 주고자 하는 메시지에 집중하며 보는 것이 좋은 것 같다.

또 이야기가 전체적으로 연결되어 있다기보다는 한 거대한 세계관 안에서 바이리, 정인과 태주, 해리와 현수 등 여러 등장인물의 서사를 따로 보여주는 옴니버스식의 구성이기 때문에 관점, 시간, 배경이 시시때때로 바뀌어 보는 사람에게 혼란을 주었던 것 같다. 그들이 영화 속에서 만나는 일은 거의 없으며 각자의 이야기가 '죽음'과 '사랑'에 대한 통일된 메시지를 향해 전개되기 때문이다. 보는 사람에게 조금 불친절한 구성이었던 것은 사실이지만, 다양한 사랑의 형태를 동시에 보여주며 영화의 메시지를 전달한 것이 나에게는 인상 깊게 느껴졌다.

나는 이 영화가 AI에 대해 한쪽으로 치우쳐 있기보다는 AI의 부정적인 면과 긍정적인 면을 동시에 보여주었다고 느꼈다. 영화에서 비친 AI의 부정적인 면 중 가장 영화 줄거리 속에 잘 녹여냈다고 생각한 것은 AI에 대한 의존성이었다. 식물인간 상태에서 깨어났음에도 불구하고 건강을 완전히 회복하지 못한 등장인물 태주는 한동안 정신이 온전치 못한 모습을 보인다. 이에 태주의 연인 정인은 비정상적인 태주의 행동을 받아들이지 못하고 계속해서 자신과의 행복한 추억만 삽입된 원더랜드 속 '가짜' 태주를 찾게 된다. 두 태주 사이에서 괴리감을 느끼는 정인의 모습을 통해 AI에 대한 의존성을 보여준 것이다. 나는 이를 보며 현실의 고통을 줄여주는 어떤 AI 기술에 지나치게 의지하면 누구나 그 고통스러운 현실을 받아들이기 힘들어할지도 모르겠다는 생각이 들었다. 아무리 고통스러워도 우리는 그 현실을 살아가야 하는데도 말이다.

이제 긍정적인 면을 살펴보자면, 이 영화가 기술이 더 발전한다면 미래에는 세상을 떠난 사람에 대한 그리움을 조금 덜 수 있다는 기술이 존재할 수도 있다는 가능성을 보여주었다고 생각한다. 물론 앞서 말했듯이 원더랜드와 같은 기술이 존재하는 것은 불가능하고, 만약 존재한다고 해도 비윤리적인 부분이 분명 있다. 하지만 우리는 당장 여러 방송이나 매체에서 일찍 세상을 떠난 몇몇 사람들의 목소리, 외모 등 여러 데이터를 수집해 그들의 모습을 생전 모습 그대로 복원하는 다큐멘터리나 영상들을 확인할 수 있다. 그들의 유족들은 다시는 볼 수 없을 줄 알았던 가족의 모습을 AI나 메타버스 속 아바타의 형태로나마 보고 느낄 수 있다는 것에 큰 기쁨을 느낀다. 오랜 시간을 그리움 속에 살아왔던 유족들에게 세상을 떠난 가족의 모습을 발달한 현대 기술을 통해 잠깐이라도 볼 수 있다는 것은 그들에게 조금이라도 위안이 될 것임이 분명하다.

한 아이돌은 이 영화를 보고 이러한 감상평을 남겼다. "소중함은 그대로 둔 채 슬픔을 아주 조금만 덜어낼 수 있는 이별이 있다면 어떨까. 그게 비록 허상이라 한 대도." 영화를 보고 나니 이 문장이 확 와닿았다. 세상을 떠난 사람과의 추억은 아무리 붙잡으려 해도 시간이 갈수록 희미해지기 마련이다. 그 사람의 생전 모습 그대로인 어떤 허상과 잠시 시간을 보내는 것만으로도 오히려 그 사람에 대한 애틋함과 소중함은 더 커지고, 영원한 이별이라는 개념에 대한 슬픔은 줄어들지 않을까?

사람은 누구나 죽기 마련이기에 죽은 사람은 이만 놓아주고 그를 그리워하고 애도하는 것이 인간의 도리라는 말에 어느 정도 동의한다. 하지만 사고나 자살 등의 이유로 어린 나이에 세상을 떠난 사람을 곁에 두었던 사람들에게는 그 애도 과정마저 견디기 힘들 정도로 괴롭고 고통스러운 일이다. 죽은 사람을 AI 기술로 볼 수 있다고 해서 그 사람의 소중함과 인간의 죽음의 숭고함까지 사라지는 것은 아니라고 생각한다. '원더랜드' 서비스와 같이 소중한 사람을 잃은 가족과 친구들에게 슬픔을 조금이라도 덜어주는 AI 기술이 언젠가 상용화된다면, 이는 더 많은 사람을 행복하게 해주는 이로운 기술이 아닐까?

당신이 몰랐던
사피엔스의 4가지 비밀!!

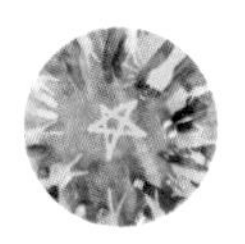

『사피엔스』가 청소년 추천 도서 목록에 있는 것을 보고 언젠가 한 번쯤은 읽어봐야겠다는 생각을 하고 있었는데, 마침 동아리 활동으로 이 책을 읽고 토론을 하게 되었다. 나는 이렇게 두꺼운 책을 포기하지 않고 읽어본 적이 없어서 처음에는 읽기가 조금 두렵기도 했다. 실제로 읽으면서도 나에게는 너무 어려운 내용 탓에 막연히 읽기 싫다는 마음에 읽기를 계속 미루다가 다른 친구들보다 읽기 속도가 느려진 적도 많았다. 하지만 어려우면서도 흥미롭고 충격적이었던 이 책의 내용이 나에게 인류와 역사에 대한 새로운 관점을 준 것은 분명하다. 이 책을 아직 완독하지는 못했기에 내가 가장 인상 깊게 읽었던 부분들에 관해 이야기해 보고자 한다.

이 책은 호모 사피엔스가 지구의 주인이 될 수 있었던 이유와 그들의 발달 과정을 인지혁명, 농업혁명, 인류의 통합, 과학혁명으로 나누어 설명한다. 나는 평소에 과학보다는 철학이나 인문 분야에 관심이 더 많기 때문에 인지혁명 부분이 가장 기억에 남았다. '약 7만 년 전부터 3만 년 전 사이에 출현한 새로운 사고방식과 의사소통 방식'을 뜻하는 인지혁명은 역사의 시작을 알렸을 뿐만 아니라 우리로 하여금 호모 사피엔스가 어떻게 다른 종들을 제치고 지구의 주인이 될 수 있었는가에 대한 이유를 알게 해주는 결정적인 요소이다. 이 인지혁명에 대한 설명 중 나는 지금까지 당연하게 믿어왔던 인류의 진화론과 상반되는, 우리의 조상들이 형제 살해범이라는 주장이 충격적이었다. 또 우리 사회에서 만연한 '여론몰이'를 '뒷담화'에 비유해 설명한 것에서 우리가 몰랐던 인류 역사의 어두운 면을 들춰내고 고발하는 작가의 태도가 굉장히 흥미롭다고 느꼈다.

농업혁명 부분에서는 농업혁명이 인류 역사상 최대의 사기극이라고 표현한 것이 나에게 가장 충격적으로 다가왔다. 이 책을 읽기 전에 역사 수업에서는 신석기 혁명, 즉 농업혁명은 인류의 생활 양식을 바꾼 가장 중요한 사건이라고 배웠는데, 저자는 이 농업혁명이 현재의 여러 문제의 시초였다고 생각한 것이다. 하지만 생각해 보면 인간들이 인구 급증과 같은 농경의 시작으로 벌어질 여러 큰 문제들을 계산하지 않고 무작정 본인들이 편해질 것이라는 착각에 농업을 시작하지만 않았더라도 지금 우리의 삶의 문제들이 적어졌을 것 같기에 이 표현이 적절해 보인다.

전반적으로 책의 내용은 나의 인류와 역사에 대한 인식에 많은 영향을 주었다. 하지만 내가 이 책의 내용에 대한 배경지식도 부족했고, 이렇게 두꺼운 책은 거의 처음 읽어보는 것이었기 때문에 나의 읽기 경험이 조금 아쉬웠다. 하지만 토론을 통해 친구들의 다양한 의견과 강사님의 보충 설명을 들으면서 책을 더 깊게 이해할 수 있었던 점에서 의미 있는 경험이었다고 생각한다. 가장 좋았던 경험은 나는 전혀 생각지도 못한 여러 의견을 친구들이 자유롭게 말하는 것을 듣다 보니 그 의견들과 관련된 나만의 여러 생각들이 따라오는 것이었다. 이외에도 강사님께서 제시하신 여러 논제에 대해 찬성도 반대도 해보며 이 책에 대한 나의 의견이 확립되는 기분이 들었다. 시간이 지나고 내가 이 책의 내용을 완전히 이해할 수 있는 능력이 된다면 이 책을 다시 한번 찬찬히 읽어보고 싶다.

인류의 허무한 『작별인사』

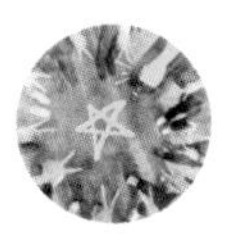

이 책은 휴머노이드와 인간이 공존하는 가까운 미래의 대한민국을 배경으로 한다. 주인공 철이는 휴머노이드를 개발하는 회사 '휴먼 매터스'의 직원인 아빠가 최대한 인간과 닮은 휴머노이드를 개발해 보기 위해 제작한 하이퍼 리얼 휴머노이드이다. 하지만 자신이 인간이라고 굳게 믿어왔던 어느 날 철이는 정부에 등록된 휴머노이드가 아니라는 이유로 수용소에 잡혀 들어가고, 수용소가 공격당하자 친구들 선이, 민이와 함께 모험을 다니며 이야기가 전개된다.

이 책은 인간을 인간답게 하는 모든 것, 기술발달의 어두운 면, 그리고 인간의 의식과 죽음, 이 모든 것들에 대한 깊은 울림과 메시지를 전달한다. 특히 이야기 중 달마와 선이의 대화는 현재의 나로서는 조금 이해하기 어려웠지만 분명 나에게 많은 생각거리를 주었다. 달마는 인간 문명을 모두 끝장내 세상의 불필요한 고통을 줄이고자 하는 휴머노이드이다. 인간이 태어나서 겪는 고통은 해악과 다름없으므로 태어나지 않는 것이 인간에게 최선이라고 주장하는 달마와 태어난 이상 어떻게든 삶의 의미를 찾아내는 것이 중요하다는 '우주정신'을 믿는 선이는 인간의 의식에 대한 열띤 대화를 나눈다. 나는 이 대화를 읽으면서 달마의 말에 어느 정도 동의하면서도 그의 말이 조금 잔혹하다고 느꼈다. 우리는 살아가며 분명 수많은 고통을 겪고, 그것을 이겨내는 동안 이 고통이 처음부터 없었음을 바라는 것이 사실이다. 하지만 그 모든 과정은 우리 인간을 인간답게 만드는 것, 즉 인간성의 여러 요소 중 하나이자 휴머노이드 로봇과 인간의 차별점이다. 고도로 발달한 로봇은 과거의 실수에서 딥러닝의 형태로 무언가를 배우기도 하지만, 그들은 그 실수에서 고통이나 죄책감을 느끼지 않는다. 고통과 죄책감이 표면적으로는 부정적으로만 보이더라도 우리 인간은 그 감정들을 의식하고, 이들을 다시 느끼지 않고자 노력할 수 있다는 점에서 나는 우리의 고통이 마냥 해악은 아니라고 생각한다. 나는 이로써 '의식'과 '마음'이 인간을 인간답게 만드는 것이라는 생각에 이르렀다.

하지만 책의 후반부에서 인간들이 휴머노이드로부터 편하게 얻는 쾌락에 의존하고 그곳에서 벗어나려 하지 않자, 즉 의식에서 벗어나자 인간 세계는 멸망한다. 나는 이를 지켜보는 철이가 수천 년의 역사가 쌓아올린 인간 문명이 고작 휴머노이드 때문에 무너졌다는 사실을 담담하게 전하는 것을 보고 뭔가 허무함을 느꼈다. 현실에서 기술이 계속 발달해 정말 이 책 속 세상처럼 극단적인 수준이 된다면 정말 모든 인간이 멸종하고 그것을 애도할 존재는 이 지구에 없을 것이라는 사실이 나에게 허무하게 다가왔다. 이 참담함을 막기 위해서는 기술을 윤리적으로 발달시키고 휴머노이드에 마냥 의존하기보다는 공존하는 법을 지금부터 터득해야겠다는 생각이 들었다. 이외에도 철이의 의식이 떠나가고 죽음을 맞이하기 직전, "노을이 진하니 내일은 맑을 것 같다. 그리고 난 그 내일을 보지 못할 것이다."라는 문장이 감각적으로 아름답게 느껴졌다. 기계 지능으로서 계속 지구에 존재할 수 있는 영생을 포기하고 자발적으로 죽음을 맞이하는 철이의 모습에서 평화롭고도 어딘가 뭉클한 느낌을 받아 인상적인 부분이었다.

단지 기술발달의 위험성에 관해서만 이야기하는 줄 알았던 이 책은 나에게 만남과 이별, 그리고 인간의 필멸성에 대한 많은 생각거리를 주었다. 이 책을 인간의 존재 이유에 대해 답을 얻고 싶은 사람들에게 꼭 추천하고 싶다.

미래 직업 상상한마당 활동 – 10년 후 전망이 밝은 분야를 조사하고 미래 직업을 구상하여 구체적으로 적어보자.

4차 산업혁명이 무서운 속도로 진행되고 있다. ChatGPT가 혜성같이 등장하고 인공지능 솔루션들이 속속 등장하며 세계를 뒤흔들고 있다. 여러 분야에 드론이 활용되고, 공장이나 창고에서 로봇이 일상화되고 식당에서는 서빙 로봇이 익숙해지고 있다. 미래의 진로를 구상하는 중학생인 우리는 미래가 어떻게 전개될지 몰라 불안하다. 무엇보다 일자리를 기계에 빼앗길까 두렵고 앞이 보이질 않는 느낌이다. 이런 혁명적 변화가 일자리를 앗아가는 것은 사실일 것이다. 그렇지만 그만큼, 아니 어쩌면 그 이상의 새로운 것을 우리에게 가져다주는 것도 사실이다. 그러므로 사라지는 것에 매달릴 것이 아니라 다가오는 것들을 맞을 준비를 하는 것이 변화를 대하는 현명한 자세일 것이다.

에필로그

★

시작할 때는 정말 막막하기만 했던 책 쓰기 활동이 드디어 끝을 향해 달려가고 있다. 선생님께서 나에게 이 활동의 기획팀장을 맡기셨을 때, 처음에는 '내가 왜…?'라는 생각이 들며 의아하기도 했다. 지금 보면 마케터라는 꿈을 꾸게 된 지 얼마 되지 않은 나에게 좋은 기획자로서의 경험을 주려고 하신 것 같다는 생각이 든다. 이 책 쓰기 활동은 나의 국제고 합격에도 정말 도움이 많이 되었다. 3년간의 동아리 활동들을 글로 써 보며 되새기면서 자기소개서를 작성하는 연습이 되기도 했고, 실제로 기획팀장으로서 겪었던 어려움과 이를 통해 배운 점을 자기소개서에 써서 나의 리더십을 어필해 보고자 했다. 특히 면접에서 꿈청진기 활동으로 생겼던 새로운 꿈인 마케터를 조금 더 발전시킨 공익을 위한 콘텐츠를 만드는 국제공무원이 되겠다는 진로 목표에 대해 이야기하기도 했다. 실제로 친구들에게 원고를 재촉하면서 좋은 리더의 자질을 배워보기도 하고, 여러 아이디어를 종합해서 작업물을 만들면서 사람 간의 취향 차이에 대해 생각해 보기도 하고, 새벽까지 친구들의 글에 맞춤법 검사기를 돌리면서 편집자의 고통을 아주 조금이나마 느껴보기도 했다. 친구들은 나를 '랩실의 노예', '대학원생'이라고 놀렸지만, 몇 년 후에 되돌아보면 은근 재미있는 추억으로 남을 것 같다. 아무리 힘든 시간이어도 이렇게 소소한 재미와 감사할 점을 찾다 보면, 미래의 나 또한 지금을 회상하며 웃을 수 있을 것이다. 이 활동을 통해 느낀 교훈이다.

별잡이의 꿈을 향한 여행

신예빈

프롤로그

가깝지만 또 멀리 있는 나만의 별은 크고 멋질 거야!

내 꿈이 아나운서로 정해졌다. 그런데 아나운서가 되는 것은 하늘의 별 따기만큼 어렵다고 한다. 나는 그 별을 잡고자 하는 열망을 담아 별잡이를 필명으로 선정하였다. 버스의 출발점이 있다면 반드시 종점도 있다. 여행 또한 목적지를 정하고 출발한다. 어느 날 내게 꿈이 생겼고, 나는 지금부터 꿈의 목적지를 향해 여행을 떠날 것이다. 그 길이 때로는 앞이 보이지 않고, 열심히 나아가다가도 멀게만 느껴질 때가 있을 것이다. 그때마다 내가 쓴 이 글을 보고 꿈을 찾기 위해 노력한 지금을 추억하며 힘을 낼 것이다. 이 글을 읽는 누군가도 그런 힘을 받았으면 좋겠다.

나의 별을 찾아서

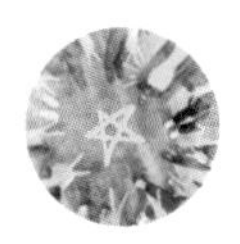

어릴 적 나는 꿈이 많고 상상력이 풍부한 아이였다.

시시때때로 미래에 우주를 날고 있는 우주비행사가 된 나를 상상해 보기도 하고 우아하게 한 마리의 백조처럼 무대를 날아다니는 발레리나가 된 나를 상상해 보기도 했었다.

이렇게나 상상력이 풍부했던 나는 중학생이 된 이후 내 미래에 대한 길을 잃어버렸다.

그런데 얼마 전, 어떠한 계기로 인해 내게 아나운서라는 꿈이 생겼다. 그러자 정해진 것 하나 없이 그저 흘러만 가던 나의 시간이 분명하게 자리잡히기 시작했다.

나의 꿈인 아나운서에 대해 간략히 설명해 주자면, 아나운서는 방송 매체에서 뉴스를 전달하거나 다양한 프로그램을 진행하는 사람이다. 사람들은 기자와 아나운서의 차이를 모르는 경우가 많은데, 쉽게 말해 기자는 기사를 작성하고 아나운서는 기자들이 작성한 기사를 방송에서 전달하는 역할을 하는 것이다.

아나운서는 일반적으로 언론이나 방송 관련 학과를 전공한 후, 아나운서 공채 시험을 통해 선발된다고 한다. 선발된 후에는 다양한 실습 활동을 통해 경험을 쌓는다. 이렇게 피나는 노력을 통해 언변 능력과 순발력을 지닌 아나운서로 거듭나게 되는 것이다.

역시 그냥 되는 건 없다. 뭐든 열심히 노력해야 기회라도 한번 찾아오고 준비된 사람만이 그 기회를 잡을 수 있겠지. 그래서 나는 지금부터 학생의 신분으로서 내가 해야 할 일에 최선을 다할 것이다.

요즘 나는 아나운서처럼 기사를 직접 읽어보면서 발음을 연습해 보는 등 나의 꿈에 가까워지기 위해 노력하고 있다.

자신의 꿈을 이루는 그날까지 모두 힘내라.

아나운서석에 앉아보고 아나운서의 설명을 들으며
방송국 체험, 아나운서가 될 거야…!!

중학교는 처음이라 서툴러!

그 날은, 전날 저녁부터 부푼 마음을 가득 안고 잠이 든 날이었다. 지금부터는 설레었던 그날의 나로 돌아가 이 글을 써 본다.

오늘은 중학교 예비 소집일이 있는 날이다. 평소엔 알람을 맞춰놓고도 일어나지 못할 때가 많은데, 오늘은 알람이 채 울리기도 전에 눈이 번뜩! 하고 떠졌다. 거북이처럼 느긋하게 하던 학교 갈 준비를 오늘은 토끼처럼 빠르게 해서 7시 20분에 모든 할 일을 끝내버렸다. 학교에 일찍 도착해서 스윽 둘러보았더니 반가운 얼굴들도 많이 보였다. 교과서를 받고 집으로 오는 길, 가방은 너무 무거웠지만, 왠지 기분만은 날아갈 것 같았다. 내가 중학생이라니 믿기지 않았다.

예비 소집일이 끝나고 며칠 후 개학을 하여 입학식을 했다. 이제야 겨우 중학교 생활에 적응을 좀 하려는데 곧이어 4월에 인생 첫 중간고사를 치고, 5월에는 체육대회를 즐겼다. 6월에는 시험이 다시 돌아와 기말고사 준비를 열심히 하고, 낙동강 수련원으로 야영을 갔다. 태어나 처음으로 내가 먹을 밥을 직접 다 해 먹고 설거지까지 해보았다. 6월 말부터 7월 초에, 열심히 준비해 왔던 기말고사를 치고 나니 여름방학이 시작됐다. 여름방학은 신나게 놀기도 하고 공부할 때는 최선을 다해 공부하면서 알차게 보냈다. 2학기 개학을 한 후에는 자유학기제가 시작되는데, 나의 숨겨진 진로 역량을 기를 수 있었던 좋은 시간이었다.

4월부터 12월까지 하루하루가 지나갈 때마다 체육복을 받고, 교복을 받는 등 내 인생의 많은 처음을 차곡차곡 채워갔다. 중학생이 된 것조차 믿기지 않는 나였지만, 1학년의 끝에 가까워질수록 나는 점점 성장하고 단단해지고 있었다.

이제는 2학년에 올라와 1학년의 내 기억을 되짚어보며 이 글을 쓰고 있다. 1학년 때는 몰랐지만 지금 보면 재밌었던 일들이 참 많은 것 같다. 멋지고 따뜻한 반장과 좋은 선생님, 재밌는 친구들까지 뭐 하나 빠지는 게 없었다. 만약 나중에 3학년이 되어 2학년의 나를 돌아볼 수 있는 날이 온다면 그때를 위해 지금부터라도 추억을 많이 쌓아야겠다.

학교 곳곳에 핀 봄꽃들

행운이 나에게로??

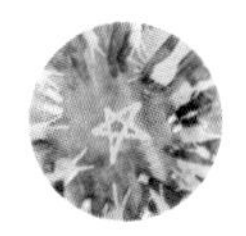

내일의 행운이 모두 나에게 오길 간절히 바라며 베개 밑에 네잎클로버를 넣어두고 잠이 들었다.

오늘은 멀게만 느껴졌던 중간고사가 시작되는 4월 29일이다. 아침 일찍 일어났더니 어제 넣어둔 네잎클로버 덕분인지 기분 탓인지 몸이 평소보다 훨씬 가볍고 상쾌했다.

역사, 과학, 국어 학습지를 차례대로 훑어보며 마음을 차분하게 가라앉히려 노력했다. 열심히 공부하다 보니 엄마가 일어나셔서 밥을 차려주셨다. 나는 김이 모락모락 나는 밥을 먹으며 시험에 출제될 것 같은 문제들을 뽑아서 내 머릿속에 집어넣었다.

드디어 떨리는 마음을 부여잡고 학교로 출발했다.

학교에 도착했을 땐 평소 교실의 모습과 달라진 점이 많았다. 시험 치는 학생들이 유의해야 할 사항이 적힌 종이가 칠판에 붙어 있고 TV는 커닝 방지를 위해 천으로 가려져 있었다. 평소와 달라진 모습에 더욱 긴장되었지만 애써 침착하고 자리에 앉아서 열심히 정리한 시험 직전 요약 노트를 펼쳤다. 집중하다 보니 벌써 첫 번째 시험 시간! 네잎클로버가 정말로 효과가 있었는지 첫 시간이 국어였는데 배운 내용이 술술 기억나면서 서술형까지 다 썼는데도 시간이 남는 것이었다. 두 번째 과학, 세 번째 역사 시험 시간도 마찬가지였다!!

모든 시험이 끝난 후, 반장이 객관식 답지를 들고 와서 답을 불러주었다. 채점을 마친 내 시험지에는 예쁜 함박눈이 가득 내리고 있었다.

그 순간 나는 느꼈다.

'최선을 다하여 후회가 남지 않는 노력은 절대 결과를 배신하지 않는구나'

시험을 준비 계획을 세워보자.

시험 준비를 위해 수업시간 집중이 최우선, 4주 전 시험 일정 확인과 계획 그리고 시험 준비는 최선을 다하여~~

실패를 통한 값진 경험

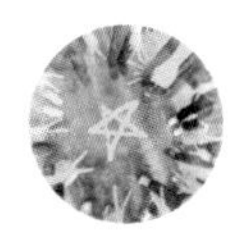

1학년 때의 나는 계획을 세우지 않고 무작정 문제집만 풀다가 시험을 망쳤었다. 그랬던 나를 되돌아보며 더 이상 이런 방법으로 공부하는 사람은 없었으면 하는 바람을 담아 이 글을 쓴다.

첫 번째로, 국어는 공부법이 1학년 때에 비해 확연히 바뀌었다. 이로 인해 나는 현재까지 좋은 성적을 유지하고 있다. 1학년 중간고사 때에는 문제만 많이 풀고 개념 대신 문제 유형을 달달 외워서 시험에 들어갔었다. 그런데 내가 외운 유형의 문제들은 코빼기도 보이지 않았다. 그렇다 보니 시간은 턱없이 부족했고 결국 노력한 시간에 비해 만족스러운 점수를 받지 못했다. 2학년에 올라와서는 국어 공부 방법을 싹 다 갈아엎었다. 여러 고민 끝에 나는 문제집을 던져버렸다.

문제집은 매우 중요하다. 중요하지 않다면 서점에 문제집이 그렇게나 많을 이유조차 없지 않은가? 그렇지만 시험 대비 때만큼은 아무리 급하더라도 일단 문제집을 던져버리고 교과서와 학습지에 온 정신을 집중해야 한다. 결국, 시험을 출제하는 사람은 학교 선생님이기 때문이다. 시험 문제를 족집게처럼 잘 집어내는 족보*컴, 내신*치라고 해도 던져버리자!

학교 선생님께서 내주신 학습지에 시험 문제가 있다.

나도 처음에는 학습지는 전혀 보지 않고 문제 사이트에만 의존했었는데 막상 시험을 쳐보니 내가 풀었던 문제 중에서는 하나도 나오지 않고 죄다 학습지에서 문제가 출제되었던 경험이 있다. 문제집은 시험 치기 일주일 전부터 풀어보아도 늦지 않다. 학습지만 다 외워도 좋은 점수를 받을 수 있다. 내 경험이 바탕이 되어 이 글을 읽는 사람들은 제발 나와 같은 멍청한 실수를 안 하기를 바란다.

두 번째로, 과학은 '이해'가 핵심이다. 외워서 해결이 되는 파트도 있지만 안되는 파트도 분명히 있다. 외워서 해결이 안 되는 파트는 이해를 통해 해결해 보자. 그리고 과학은 교과서를 펴서 밑에 조그맣게 나와 있는 문제까지 다 읽고 외우고 시험에 들어가야 한다. 내 경험상 자세히 보지 않으면 놓치기 쉬운 조그만 문제들에서 서술형 문제들이 나왔었다.

세 번째로, 역사는 암기 과목이라 지루하기도 하고 심지어 쉽지도 않아서 포기하는 친구들이 많다. 그렇지만 우리 모두 이번 시험은 마음 딱 붙잡고 암기 100점 맞아 보자!

일단 교과서를 여러 번 정독해라. 자, 지금부터가 중요하다. 우리는 이미 교과서를 여러 번 정독했기 때문에 여러 가지 내용들이 머릿속을 마구 헝클어 놓았을 것이다. 이때부터 다들 생각하겠지. '역시 나는 암기 과목이랑 안 맞나 봐. 아, 됐어. 때려치워'

OH MY GOD, 벌써 포기한다고? 아직 시작도 안 했는데? 절대 안 돼! 지금 필요한 건 바로 요점 정리!

요점 정리를 하다 보면 헝클어진 내용들이 완성될 것이다.

네 번째로, 수학은 인내심을 가지고 문제를 많이 풀어보는 수밖에 없다. 풀다가 짜증이 나고 안 풀린다고 놓아버린다면 그 유명한 수포자들(수학을 포기한 사람) 중 한 명이 되는 것이다.

다섯 번째로, 영어는 일단 본문, 대화문, 선생님이 주신 프린트물에서

빨간색으로 밑줄 처져 있는 건 모두 반복해 읽고 파란색 볼펜으로 필사하며 외우자. 왜 굳이 파란색이어야 하냐고? 파란색은 기억력 향상과 학습 효과를 높이는 데에 도움이 되기 때문이지. 자다가도 툭 건드리면 공부한 것들이 튀어나오는 자판기가 되어보자.

지금까지 나의 과목별 공부법을 소개해 보았다. 이건 나의 경험으로 얻은 방법들이기 때문에 이 글을 읽고 있는 너에게는 어떨지 알 수 없지만, 뭐든지 시도해 봐서 나쁠 건 없으니까 다음 시험 때는 이 방법으로도 한번 해보길 바란다.

혹시 이 방법에 실패하더라도 너무 좌절하진 마라. '실패는 성공의 어머니'라는 말이 있는 만큼 너만의 방법을 찾기 위해 열심히 하다 보면 반드시 성공하게 될 것이다. 힘내라.

과목마다 다른 시험 준비 방법을 정리해 보자.

저마다 다른 하늘

지나친 건 해로워!!

요즘 들어 비만이 사회 문제로 떠오르고 있다.

비만이란 체내에 과도하게 많은 양의 지방이 쌓여 있는 상태를 의미한다. 우리나라에서는 1960년대에 우량아선발대회가 열렸었다. 이 대회는 몸무게가 많이 나가는 오동통한 아기를 1등으로 뽑는 대회였다.

왜 이런 대회가 열렸을까?

그 이유는 우리나라의 어려운 경제적 상황으로 인하여 통통한 아기를 선호했기 때문이었다. 심지어는 '뱃살은 인품과 비례한다'라는 말도 있었다고 한다. 하지만 요즘 들어 사람들은 그것을 비만이라고 인식하며 점점 부정적인 시선으로 바뀌고 있다.

현재의 우리는 날씬하고 매끈한 몸매를 선호한다. 이에 비만은 부의 상징에서 폭식과 나태함의 상징으로 인식이 변화되었다. 나는 '경제적 상황과 비만은 밀접한 관계가 있구나'라는 생각이 들었다.

또한 미의 기준이 시대가 변함에 따라 함께 변하는 것을 알 수 있었다. '미의 기준은 도대체 누가 만들었을까?' 내 생각엔 아마도 미국에서 바비 인형이 만들어지면서부터가 아닐까 싶다.

사회적인 미의 기준에 나를 너무 과하게 맞추려다가 내가 지금까지 만족해 왔던 내 모습까지도 흔들리고 있지는 않을까? 만약 그렇다면 '사회적인 미의 기준에 자신을 맞추지 말고 자신의 미의 기준을 만들어보는 건 어떨까?'라는 생각을 해본다.

우리 인류는 지금까지 우리의 식습관을 바꾼 총 두 번의 혁명을 겪었다. 첫 번째는 농경의 시작, 두 번째는 산업혁명의 도입과 더불어 시작된 현대식 식사의 시작이다. 현대식 식사는 서구식 식사의 보편화를 통해 시작되었다고 볼 수 있다. 당과 지방 등의 값싼 칼로리가 과잉 생산되면서 사람들의 비만 또한 점점 늘어간 것이라 할 수 있다.

또 현대인들을 위한 외식 문화도 비만의 증가에 한몫을 했다. 그리고 보니 나도 어릴 때는 늘 엄마가 만들어 주신 음식만 먹다가 배달 음식, 외식에 눈을 뜨면서 살이 좀 더 찌기 시작한 것 같기도 하다.

비만이 갑자기 증가하다 보니 다들 제일 궁금해하는 것이 있다. 바로 가장 효과적인 다이어트 방법일 것이다. 절대! 굶는 다이어트를 해서는 안 된다고 생각한다. 요요가 오면서 오히려 몸무게가 확 불어버릴 수 있다는 점을 명심하도록 해야 한다. 다이어트가 필요하다면 오늘부터 설탕이 들어간 간식을 최대한 끊어보는 게 어떨까? 실제로 나는 달달한 간식을 한동안 끊었을 때 몸무게가 훅 줄어드는 효과를 본 적이 있기 때문에 이 방법을 가장 추천하는 바이다.

우리는 비만을 예방하기 위해 많은 노력을 해야 한다. 비만 예방법에는 일상 속 신체 활동량 늘리기, 과식하지 않기, 정해진 시간에 규칙적으로 식사하기, 단 음료 대신 물 선택하기 등이 있다.

지금까지 우리의 사회 문제 중 하나인 비만에 대해 알아보았다. 뭐든지 과한 것은 좋지 않다는 점을 명심하자.

돈 주고도 못 사는 소중한 경험

꿈 청진기 기자단 활동을 안내받으러 매일신문사에 다녀왔다. 매일 신문사에 도착하니 관계자분께서 꿈 청진기 마크가 그려진 예쁜 티셔츠와 활동 박스를 주셨다. 다른 학교의 많은 학생도 함께 활동에 참여하게 되었다. 매일신문사 기자님들께서 기사의 종류, 기자가 하는 일들을 재미있게 설명해 주셨고 나는 점점 설레기 시작했다. 기자님들의 말씀을 모두 듣고 난 후 드디어 활동 장소 배정표를 볼 수 있었다.

우리가 가게 된 곳은 바로 TBC 방송국과 대구시의회였다. 나는 기뻐서 내적 환호를 질렀다. 음…. 그냥 소리를 질렀던 것 같기도 하고. ㅎ

어쨌든 시간은 흘러 10월 14일에 TBC 방송국 견학 날이 되었다. 방송 쪽 직업에 관심이 좀 있었던 터라 나에겐 이 견학이 절호의 기회라고 생각하였다. 진짜 아나운서분을 만나서 안내를 받고 방송국 안으로 들어가 조정실, 부조정실의 모습을 보고, 내 눈으로 일하시는 모습을 보고 생방송 라디오를 진행하는 모습들도 보았다. 특히 뉴스가 진행되는 세트장에 가서 수많은 카메라 앞에 서본 것이 가장 인상 깊었다. TBC 방송국 체험 활동을 마친 후에 정해지지 않고 계속해서 바뀌던 나의 꿈이 확실해졌다. 나의 심장이 두근대는 것이 느껴졌다. 나는 아나운서가 될 것이다.

아나운서분들이 라디오를 진행하는 모습이 너무 멋져 보였고 내가 말하는 것을 좋아하기 때문에 이 직업을 선택하면 꽤 재미있고 행복할 것 같았다. 아나운서에 대한 정보들을 많이 알게 되어 내게 정말 유익했던 활동이었다. 이제 딱 하나의 활동이 남아 있었다.

바로~ 10월 23일 대구시의회 활동이었다!!

이번에도 저번과 같이 진짜 시의원님을 만나서 인터뷰를 진행했다. 시의회에 들어선 순간 웅장함을 느낄 수 있었다. 시의원님께 시의회에 관한 궁금했던 점들을 마음껏 질문하고 시의원님과 사진도 함께 찍었다. 나는 "사람들을 보면 손을 잡고 항상 인사를 가장 먼저 나눈다."라는 시의원님의 말씀이 참 좋았던 것 같다. 직접 직장으로 찾아가서 탐방하고 직업인을 인터뷰하는 활동은 이로써 마무리되었다.

이제부터는 우리가 인터뷰한 내용과 추가 조사한 내용을 가지고 기사를 써 내려 갈 예정이다. 꿈청진기 기자단 활동 이후에 내 꿈이 또다시 바뀌게 될지 어떨지는 알 수 없지만 하나 확실한 건, 이 활동이 나의 진로 역량을 기르는 데에 매우 큰 도움이 되었다는 것이다.

"매사에 최선을 다하는 내가 되자!" 다짐한다.

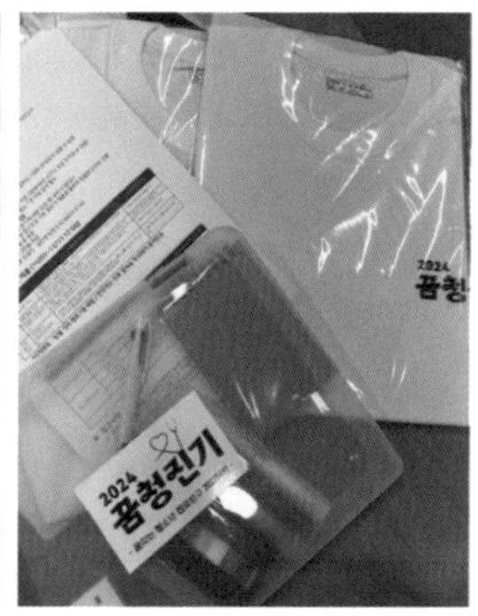

꿈을 쫓는 아이들, 나의 꿈을 찾는 꿈청진기 활동

안동, 가본 적 있니?

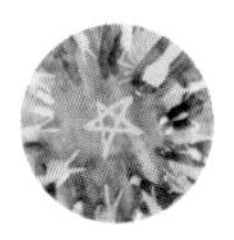

오랜만에 가보는 안동이었다.

원래는 3학년들이 팀장으로 활동을 했었는데 안동 활동은 3학년들의 시험 기간에 진행되어 2학년들이 대신하여 활동을 이끌었다. 이때까지는 3학년들과 선생님께서 다 준비하시고 우리는 따라가서 준비된 내용을 체험만 했었기 때문에 그때는 체험 활동의 목적이 내게 크게 와닿지 못했던 것 같은데, 이번에는 내가 직접 팀장이 되어서 안동에 대해 꼼꼼히 익히고 찾아보았다. 미리 조사를 한 후 활동을 하니 확실히 느끼는 것과 배우는 것이 많았다.

첫 번째로 방문한 곳은 이육사 문학관이었다. 이곳은 저항 시인이자 독립운동가인 이육사의 삶과 문학을 기리는 장소이다. 문학관 내부에는 그가 남긴 시들이 있었는데 나는 그 시들에서 독립운동 정신과 일제강점기라는 힘든 상황 속에서도 시를 써 내려 갔던 이육사의 예술을 사랑하는 마음을 느낄 수 있었다. 이육사 문학관에서 그분의 따님인 이옥비 여사님을 만나 이육사에 관한 이야기를 자세히 들을 수 있어 좋았다.

다음으로 우리가 향할 곳은 월영교였으나 금강산도 식후경이라고 근처에 있는 안동 찜닭집부터 갔다. 어릴 때 이후로 정말 오랜만에 안동에서 찜닭을 먹었는데 너무 맛있어서 감동을 받았다.

왜 안동 찜닭이라는 이름이 생겨났는지 충분히 알 수 있을 만한 맛이었다.

드디어 우리는 월영교에 도착했다. 이 다리는 우리나라에서 가장 긴 목책교이며 달빛이 비치는 다리라고 한다.

월영교를 걸으며 사진도 찍고 경치를 감상하다가 이상한 점을 발견했다. 투명해야 할 물이 이상하리만치 초록빛으로 보이는 것이다. 나는 문득 궁금해져 인터넷에 찾아보았더니 녹조 현상(강이나 호수에 남조류가 과도하게 성장하여 물의 색깔이 짙은 녹색으로 변하는 현상) 때문이라고 한다. 녹조의 원인은 다름 아닌 오염물질의 유입, 일사량 증가, 물 순환 정체 등이라고 한다.

다시 월영교에 초점을 맞추어 이곳은 밤에 조명이 켜지면 더욱 아름답다고 소문이 자자하다. 우리는 낮에 와서 멋진 야경을 즐기진 못했지만, 다리 위를 걸으며 느낄 수 있는 상쾌함과 시원한 바람은 정말 특별했다.

다음에는 가족들과 함께 방문해야겠다.

그다음 여행지는 권정생 동화 나라였는데 이곳은 동화 작가 권정생의 작품과 생애를 기념하기 위한 공간이라고 한다. 이곳에서는 그의 다양한 책들을 감상할 수 있고, 유언장도 읽어볼 수 있다. 이와 관련하여 우리는 권정생의 생가에 방문했는데 그의 실제 거주지를 복원한 곳으로, 작가의 삶을 더욱 깊이 이해할 수 있게 하는 장소였다.

그곳을 직접 둘러보며, 그가 어떤 환경에서 작품을 창작했는지 느낄 수 있었다. 작품을 통해 매년 엄청난 돈이 들어오는데도 불구하고 그의 집은 금방이라도 넘어갈 듯 초라하고 작았다. 나는 이해할 수 없었다.

어떻게 이런 사람이 세상에 존재했을까…. 이제 권정생 작가는 이 세상에 없지만, 어린이들을 생각하는 그의 마음이 내게까지 전해지는 것 같았다.

이렇게 안동의 여러 명소를 둘러보며 잊지 못할 소중한 경험을 할 수 있었고 각각의 장소가 지닌 역사적 의미들이 마음에 깊이 새겨졌다.

나는 팀장처럼 앞에서 이끌어보는 활동을 해본 적이 많지 않았다. 중학생이 되어 처음으로 팀장을 하는 경험은 내가 성장하는 소중한 기회였다.

모든 게 좋았지만, 힘들었던 점도 있었다.

바로 막중한 책임감의 무게였다. 팀장을 맡게 되면서 잘 해내야 하고 완벽해야 한다는 생각에 모든 순간이 긴장의 연속이었지만 덕분에 내가 더욱 성장한 것 같다.

또한 활동을 통해 팀원과 원활하게 소통하는 것이 얼마나 중요한지 뼈저리게 느꼈다. 토론하는 과정에서 서로의 의견을 경청하고, 피드백을 통해 더 나은 방향으로 나아가는 게 꼭 필요하다는 것을 알게 되었다.

이번 안동 문학 여행을 통해 얻은 소중한 추억은 오랫동안 내 머릿속에 남을 것 같다.

우리의 이야기를 알리다

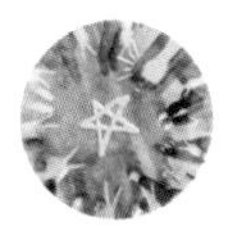

내가 아침형 인간이긴 하지만 이렇게까지 눈이 일찍 떠진 건 참 오랜만인 것 같다. 그만큼 설레었다는 소리다. 일찍 일어나서 내가 가장 먼저 한 일은 바로 아침 먹기! '한국인은 밥심'이라는 말이 있듯이 큰일을 치르기 전에는 무조건 밥을 먹어줘야 한다.

10시까지 대구민주시민센터에서 모이기로 했기 때문에 늦지 않으려면 9시 20분쯤에는 집에서 나가야 했다. 시간이 별로 없어서 나는 빠르게 식사를 마치고 곧바로 발표 연습을 시작했다. 내 꿈이 얼마 전에 아나운서로 정해져서 사람들 앞에서 발표할 수 있는 이 기회가 내게 굉장히 의미 있는 일이었다. 그래서 실수하지 않고 떨지 않으려 혼자 연습하고 또 연습했다. 그러다 보니 벌써 9시 10분쯤이 되었다.

교복을 다 차려입고 거울을 보았다. 토요일에 교복을 쫙 빼입은 나라니. 뭔가 어색하기도 했지만, 소속감이 들어서 한편으로는 긴장이 좀 풀렸다. 9시 50분쯤 발표 장소에 도착해서 2 · 28도서관 4층 세담홀로 들어갔다. 책 축제 개막식이 한창이었다. 곧이어 연필잡이 친구가 도착해서 우리는 계단에 걸터앉아 함께 발표 연습을 했다.

11시 정각, 우리 진로동아리 팀원들이 모두 모여 발표 장소에 도착하자 심장이 미친 듯이 뛰기 시작했다. 우리는 5번째 순서였다. 앞에 발표하는 팀들의 발표를 자세히 들어보니 아무래도 책 관련 동아리라 그런가, 다들 우리와 비슷한 활동을 한 것이 많이 보여 신기했다.

드디어 우리의 차례가 되었다. 솔직히 너무 떨려서 내가 어떻게 발표했는지 잘 모르겠다. 발표를 끝내고 다시 자리에 앉아 준비 과정을 되돌아보았다.

이른 아침 시간에 진로실에 가서 연습하고, 점심시간, 쉬는 시간 등을 활용하여 쓰고 고치고 쓰고 고치고를 몇 번을 반복했는지 기억도 나지 않을 만큼 많이 수정했다. 팀원들과 발표도 많이 맞추어보고 서로의 발표에서 어색한 부분은 없었는지도 봐주었다.

이렇게 공식적인 자리에서 발표하는 것이 처음이라 더욱 신경 썼던 것 같다. 다음에 기회가 된다면 또 해보고 싶을 만큼 보람이 있고 좋은 경험이었다.

2024. 대구 학생 책 축제, 동아리 활동 발표를 성공적으로 해내다.

에필로그

★

처음에 아무것도 쓰이지 않았을 때는 그저 막막하기만 했는데, 진로 선생님과 함께 책에 들어갈 제 경험을 넓히기 위해 여기저기 방문하고 체험하는 과정이 좋았습니다.

쓴 글을 다시 고치는 과정을 반복하면서 글을 읽고 쓰는 실력이 향상된 것 같아 여러모로 뜻깊은 시간이었습니다.

또 진로탐색토론동아리 활동을 하며 책을 쓰는 1년 동안 제게는 변화가 생겼습니다. 바로 꿈이 정해졌다는 것이지요.

꿈이 정해지고 나니 평소엔 그냥 대충해서 넘어갔던 것들도 뭔가 색다르게 보였습니다. 그래서인지 글을 쓸 때도 많은 변화가 있었습니다. 글을 보는 관점이 많이 달라지고, 저의 꿈과 연관 지어 생각해 보게 되었습니다.

직접 책을 써 본 것이 처음이라 어려움이 많았지만, 소중한 학창 시절의 한 페이지를 잊지 못할 좋은 추억으로 남긴 것 같습니다.

감사합니다.

앞잡이의 정체

여승주

프롤로그

이 상자를 열기 전까지는 어떤 인생이 나올지 모릅니다

나는 고민 따위 없던 사람이었다. 고민이 생기더라도 아무렇지 않게 넘기곤 쉽게 잊고 나아갔었다. 하지만 2년 전, 꿈을 정하라는 과제를 부여받은 후 나는 그 과제를 쉽게 해결하지 못하고 정체될 수밖에 없었다. 깊게 고민한 적 한 번 없는 나에겐 내 미래에 대해 깊게 생각해야 한다는 것이 너무나도 어려운 과제였다. 진로 동아리를 통해 많은 경험을 쌓아도 진짜로 내가 하고 싶은 건 딱히 찾지 못했던 것 같다.

그러나 얼마 전, 우연한 계기로 내게 즐거움과 보람을 주는 것을 찾게 되었고, 이제는 정체를 멈추고, 그 꿈을 향해 앞으로 나아가보려고 한다. 그렇기에 나의 필명은 항상 앞으로 나아가기를 바라는 나의 소망을 담은 앞잡이이다.

새론중의 삼사(조선의 언론기관)

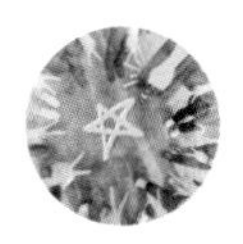

나에게는 특별한 꿈이 없었다. 내게 꿈이란 아직 먼 미래일 뿐이었고, 그 먼 미래에 대해 생각하기엔 나는 아직 어리다고 생각했다. 하지만 중학교에 입학한 후, 나는 많은 것들을 배우고, 또 느꼈다. 그러면서 자연스레 나도 꿈에 대한 생각해 볼 나이라는 생각이 들었고, 진지하게 진로에 대해 고민을 하기 시작했다. 하지만 나는, 내 진로에 대해 아무리 생각해 보아도 나에게 맞는 길을 찾을 수 없었다.

"야, 그러면 너 진로동아리 들어올래? 신문도 쓴대."

"신문? 나 글 잘 못 써서 좀 그럴 거 같은데…."

"너 글 잘 쓰는데? 진짜 너 완전 잘 쓰잖아."

"진짜…?"

그렇게 나는 여러 고민을 하다가 친구의 설득으로 진로동아리에 가입하는 걸 선택했다.

그렇게 동아리에 들어가고, 1년간의 활동은 신문부 활동이 대부분이었다. 그리고 그 일 년간의 신문부 활동은, 아마 오랜 시간이 지나도 잊을 수 없는 기억으로 남을 것 같다.

처음 신문부에 들어갔을 때, 나는 겨우 중학교 입학한 지 얼마 안 된 햇병아리였던지라 많은 걱정을 가지고 있었다. 나의 글쓰기 실력도 믿을 수 없었고, 중학교 선배들을 처음 마주 보는 거였기에 더욱 그랬다. 하지만 초안을 서로 돌려본 후, 나는 내 고민이 부질없는 것이었음을 깨달았다. 내 글쓰기 실력도 그렇게 형편없는 편은 아니었고, 선배들은 매우 친절하셨기 때문이었다. 내가 완벽하다고 생각했던 초안은 선배님들의 조언에 따라 더욱 완성도 있는 글로 탈바꿈했다. 선배들에게 조언을 받고, 그렇게 내 첫 신문부 모임은 끝이 났다.

조언을 받은 후 집에서 수정본을 썼다. 조금 고민되는 부분은 있었지만, 놀랍게도 초안을 쓸 때보다 더욱 잘 써졌다. 그리고 예상 밖으로 꽤나 재밌었다. 내가 전보다 발전된 글을 쓴다는 사실이 나에게 성취감도 주었다. 기사를 쓴다는 것이 재밌다는 것을 그때 처음 느낀 거 같다. 그렇게 완성한 글은 지금 보면 조금 아쉬운 부분이 있다만, 그래도 그 당시 내 눈에는 완벽해 보였다. 마침내 신문부 전원이 자신의 글을 완성하고, 나는 신문부의 활동이 끝났다고 생각했다.

하지만 신문부가 하는 일은 오직 기사를 쓰는 일만이 아니었다. 우리는 신문의 디자인에 대해서도 의논했다. 신문의 배치 순서 등에 대해 생각해 보니, 조금은 어렵기도 했지만, 내가 직접 신문을 완성한다는 사실이 꽤나 기분이 좋았다. 비록 2, 3학년 선배분들이 거의 다 주도하기는 했지만, 그래도 신문을 만드는 과정을 직접 눈으로 보니 마치 직업 체험하는 거처럼 신기하고, 다음에는 나도 해보고 싶다는 생각도 문득 들었다.

그렇게 곧 신문이 인쇄됐다. 신문 한 편에는 내 이름도 적혀 있었다. 지금까지는 내가 신문을 만들고 있다는 사실이 믿기지 않았는데, 이제야 내가 신문을 만드는 과정에 참여했다는 게 실감이 났다. 노력의 결과를 직접 확인한 것 같았다. 인쇄된 신문을 보고 신문부 사람들 모두 감탄만 했다. 우리의 예상보다 훨씬 잘 나왔었기에 당연한 일이었다. 신문부의 마지막 1학기 활동으로 그 신문을 선생님들과 각 반에 배부했다.

"안녕하세요. 새론중 1학년 기자입니다. 신문 배부하러 왔습니다."

"소리가 잘 안 들리는데 다시 말해 줄래?"

"안녕하세요. 새론중, 아니 새론초, 아니 아니 새론중 1학년 기자입니다! 신문 배부하러 왔습니다!"

배부하는 과정에서 있었던 조금의 실수로 얼굴이 붉어질 뻔했지만, 그래도 내 손으로 직접 나누어주니 꽤 뿌듯했다. 내 손에 있던 많은 신문이 사라지고, 이제 내가 읽을 한 부만이 남았을 때, 나는 너무 떨려서 자리에서 주저앉을 뻔했다. 이제 우리의 글이 모두에게 읽힐 거라는 것이 믿기지 않았다.

그렇게 나의 첫 신문부 활동은 끝이 났다. 이 신문부 활동 이후, 나는 내 미래 모습으로 기자나 소설가 등 글을 쓰는 모습을 자주 상상하고, 또 그런 직업을 내 진로로 할 생각도 했다. 내가 내 손으로 직접 일궈낸 성과를 확인하는 것이 내가 생각한 거보다 훨씬 벅찼고, 그 감정을 다음에도 느끼고 싶다는 생각이 계속 들었기 때문이다. 미래라면 항상 이과 쪽만 생각하던 나에게는 꽤나 생소한 진로였지만, 그래도 이런 직업도 나름 멋지다는 것을 알게 된 좋은 기회였던 것 같다. 훗날 기회가 된다면 직접 작품을 만드는 직업을 가지고, 이런 경험을 또 해보고 싶다.

새론의 작은 정부, 그 화합이 돋보이다.

지금은 있음

진로동아리에 가입하고, 나는 장르를 구분하지 않고 여러 책을 읽었다. 그리고 그 책 중에는 나에게 깊은 감명을 준 책도 많다. 하지만 내게 가장 기억에 남는 책을 고르라면 나는 고민도 없이 이 책을 고를 것이다. 그 책은 바로 최규석 작가의 『지금은 없는 이야기』이다.

『지금은 없는 이야기』는 사회 풍자 소설이다. 여러 단편이 이 책에 들어 있고, 그 모든 단편이 사회의 문제점을 여실히 드러내고 있다. 자세히 생각해 보지 않으면 그저 재밌는 동화를 읽는 거처럼 즐길 수 있고, 또 자세히 생각해 보아도 생각하는 재미가 충분히 있어서 마치 탈무드 같다는 생각도 든다. 그렇지만 내가 이 책이 기억에 더 남았던 결정적인 이유는 내가 이 책을 다양한 방법으로 읽어 더욱 깊고, 빈틈없이 읽을 수 있었기 때문이다.

첫 번째로 내가 처음으로 이 책을 읽을 땐 우리가 흔히 생각하는 방법인 속독으로 읽었다. 사실 그때는 속독으로 읽어야 한다고 생각을 했었던 건 아니고, 그냥 내가 여러 핑계를 대며 책 읽기를 미뤄온 끝에 시간에 쫓기게 되어 속독으로 읽게 되었다. 그리고 나는 그 책을 편 순간, 내 선택을 후회했다. 재미없을 줄 알고 읽기를 몇 주간 미뤄왔던 책이 생각보다 재밌었기 때문이다. 하지만, 그 재밌는 책을 여러 번 곱씹으며 읽을 정도의 시간은 내게 없었고, 나는 울며 겨자 먹기로 그 책을 그저 훑어 읽는 것에 만족해야 했다.

계성중에서 열렸던 인문학 토론에서 우리는 이 책의 여러 논제로 토론을 했다. 그래서 나는 두 번째 방법으로 그 책을 다시 읽었다. 토론을 위해 조금 더 꼼꼼하게. 다른 학교에서 만든 논제나 우리 학교가 만든 논제들을 보며 읽다 보니, 마냥 재밌게 읽었던 이야기들 속에 담긴 뜻이 느껴져서 독서를 더 즐길 수 있었던 거 같다. 예를 들어 그냥 '멍청한 개구리들의 멍청한 죽음'이라고 생각했던 에피소드는 알고 보니 변화에 두려워하는 사람들에 대해 말하는 글이라는 걸 알 수 있었다. 그날 토론에서 우리는 다른 사람들과 각자의 의견을 나누며, 우리 사회의 문제점을 직면하고, 그 문제에 대해 이야기를 나누었다. 다른 사람의 의견에 설득당하기도 하고, 내가 다른 사람들을 설득하기도 하는 경험은 재밌었다. 그리고 그 토론으로 나는 혼자 책을 읽을 때와는 다른 느낌으로 우리 사회의 문제에 대해 조금 더 생각해 보게 되었다. 혼자 읽을 때는 그냥 '오, 이런 문제들이 실제로도 우리 주변에 있을 수도'라고 생각했었지만, 토론이 끝나고, 내 머릿속에는 '이런 문제점이 무조건적으로 발생할 수밖에 없는 걸까?'라는 궁금증이 계속 맴돌았다.

그리고 나는 그 토론을 몇 달이 지나고도 있지 못한 나머지, 그 책으로 학교에서 발표를 한다는, 지금 생각하면 조금 후회가 되기도 하는 선택을 했다. 그 책에는 여러 에피소드가 있다 보니, 여러 에피소드를 다 준비하기보다는 한 가지 에피소드 중심으로 발표하기로 했는데, 나는 그 에피소드를 정하는 데에 꽤나 고전했다. 그리고 곧 내가 고른 이야기는 '가위바위보'로, 지난 토론에서 이미 의견을 나누었던 이야기이기도 했다. 내가 토론 중에 느꼈던 감정들을 친구들에게도 전하고 싶어서 그 이야기를 골랐었다. 그렇게 나는 발표 준비를 위해 마지막 방법으로 책을 다시 읽었다. 바로 한 에피소드에 대해 깊이 파고들어 보는 것. 나는 그 짧은 이야기에 몇 시간 동안 파고들며, 지난번에는 전혀 생각해 보지 못했던 질문을 했다. '이 문장은 어떠한 뜻을 담고 있을까', '작가가 이 이야기를 통해 전하고 싶었던 말은 뭐였을까' 등 여러 질문을 나 자신에게 던지며 내가 직접 그 해답을 찾아갔다. 지난번, 다른 사람들과 이야기를 나눔으로써 답을 찾아갔던 때와는 다른 느낌이었다. 나 스스로 그 의미에 대해 파고든다는 것이 꽤나 흥미진진하면서도, 그 이야기의 속뜻을 점점 알아가며 저번과는 비할 수 없을 만큼의 허무함도 느껴졌다. 그리고 내가 그 책을 통해 찾아낸 사회적 부조리의 예시와 해결법을 직접 친구들에게 설명하니 조금 뿌듯한 기분이 들기도 했다

그렇게 이 책을 여러 방법으로 읽고 나니, 꽤나 살기 좋다고 생각했던 우리나라에도 이러한 문제점들이 있다는 게 조금 놀라우면서도, 씁쓸했다. 그리고 이 책의 제목이 '지금은 없는 이야기'인 이유에 대해 나는 지금은 그 이야기가 우리 사회에 존재하지만, 언젠가는 진짜 '지금은 없는 이야기'가 되기를 바라는 작가의 마음이 들어간 것이라고 생각했다.

한 책에 대해 자세히 파고들어 보는 경험은 참으로 보람이 있었다. 책을 처음 읽을 때는 그냥 감칠맛밖에 느껴지지 않지만, 여러 번 그 책을 읽으면 그 감칠맛에 익숙해져 감칠맛 속에 숨어 있던 단맛과 쓴맛까지 다 느껴진다. 그렇기에 이 책을 서너 번은 더 읽어보고 나서야 작가의 숨은 뜻까지 다 느낄 수 있었던 것이 아닐까? 이 책을 읽으면서 그게 잘 느껴졌던 것 같다. 그렇기에 기회가 된다면 다른 책도 이렇게 깊게 파고들어 보고 싶다.

로드 투 꺼리어

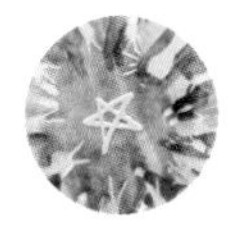

1학년 후반, 나는 내 진로동아리 활동에 큰 회의를 느꼈다. 물론 재밌을 때도 있기는 했지만, '이 수업이 진짜 내 훗날에 진로에 영향을 끼치긴 할까?'라는 생각이 더 많이 들었다. 나의 진로가 확실히 정해지지 않고, 막막하게만 보여서 더 그랬던 것 같기도 하다. 그런 나에게 진로동아리에 계속 있어도 좋겠다는 확신을 가져다준 것은, '꺼리어로드 스콜라' 였다.

처음 '꺼리어로드 스콜라'라는 말을 들었을 때, 내 머릿속에 든 생각은 딱 두 개였다. '이름이 이상하다'와 '재밌겠다'. 서울이란 곳을 두 번밖에 못 가봤던 나에게 꺼리어로드 스콜라는 그저 합법적으로 학교를 빠지고 서울로 놀러 갈 수 있는 수단에 그치지 않았다.

그렇게 설렘을 가득 안고 처음으로 도착한 곳은 서울대학교였다. 우리를 반겨주던 '샤'라는 글자가 아직도 잊히지 않는다. 그 글자를 넘어서 학교 안으로 들어가자, 나는 '샤'라는 글자는 학교 내의 다른 공간에 비해 아무것도 되지 않는다는 것을 깨달았다. 학교 내의 모든 공간에서 감탄을 금치 못했다. 특히 '대동여지도'를 포함해, 다양한 유물들을 품고 있던 규장각이 더욱 그랬다. 한 발자국을 뗄 때마다 새로운 유물들이 눈에 보였다. 그곳에서 나는 유물들을 하나하나 상세히 설명해 주시던 분의 말을 브금으로 삼으며 유물들을 하나하나 감상할 수 있었다.

규장각을 나온 후에 우리는 학생회 분들의 학교 소개를 들었다. 하지만 학교 소개보다 더욱 인상 깊었던 것은 공부 팁이었다. 이 학교를 오기 위해 고등학교 때 어떻게 공부했는지 과목별로 상세히 설명해 주시던 분들의 말씀을 들으며 나는 지금껏 내가 해왔던 공부를 되돌아봤다. '저분들처럼 자신의 목표를 이루려면, 저만치 열심히 해야 하는구나'라는 생각이 들었다. 나의 노력과 저분들의 노력이 얼마나 다른 것이었는지를 깨달으니 나 자신이 조금 부끄러워지기도 했다. 그리고 저렇게 노력해서 자신의 꿈을 이루신 저분들이 더더욱 멋져 보이기 시작했다. 그때부터 '꺼리어로드 스콜라'에 대한 내 생각이 점점 바뀌었던 것 같다. 그저 학교 째고 놀러 갈 수 있는 여행이 아니라, 멋진 사람들을 보며 나의 미래를 꿈꿀 수 있는 여행으로.

서울대를 나오고, 우리는 세 코스로 나뉘어서 가게 되었는데, 나는 그중 서울대 의대 쪽으로 가게 되었다. 내부로 들어가지는 못했지만, 겉모습만 보아도 그 웅장함이 충분히 느껴졌다. 나는 의학 쪽에는 관심이 없어서 그렇게 흥미가 느껴지지는 않았지만, 나와 같이 갔던 서울대 의대가 목표인 3학년 선배는 이곳이 엄청난 동기부여가 되었던 것 같다. 그 선배가 그렇게 좋아하던 모습을 처음 본 것 같았다. 나는 서울대 의대보다 그 선배가 더 흥미로웠다. 꿈이란 아직 까마득히 먼일이라고만 생각했는데, 나와 가까이 있던 그 선배도 자신의 뚜렷한 목표를 잡고 열심히 노력하고 있다는 사실을 눈으로 보니 착잡했다. 목표가 확실한 그 선배가 부러워지기도 했다. 나만 목표가 없다는 것이 다시 한번 상기됐다.

우리가 마지막으로 들른 곳은 대학로였다. 대학로에서 '옥탑방 고양이'라는 연극을 보게 되었는데, 그 연극의 주인공들은 우리가 TV에서 흔히 보던 유명 배우들이 아니라 배우 지망생들이 대부분이었다. 그래서 나는 연극을 보기 전에 조금 실망을 하기도 했으나, 실제로 본 순간 그 실망이 모두 쓸려 내려갔다. 리얼한 연기에 몰입이 됐고, 나도 배우들의 감정에 공감하며 연극을 흥미진진하게 관람했다. 그렇게 공연이 끝이 나고 커튼콜을 할 때, 배우들의 얼굴에는 환한 미소가 떠 있었다. 그 미소를 보고 나는 아까 유명한 배우가 아니라고 실망했던 나를 자책했다. 저분들이 꿈을 이루기 위해 얼마나 노력을 했는지가 잘 보이는 이 공연이 유명한 배우들이 하는 여느 공연들보다도 더욱 멋지게 보였다.

버스를 타고 집에 가는 길에 나는 오늘의 경험을 상기시켰다. 자신의 꿈을 향해 노력하시던 지망생분들, 노력 끝에 결실을 이뤄낸 서울대 재학생분들, 아직 어리지만 확고한 꿈이 있던 선배까지. 모두가 목표를 향해 달려가고 있었다. 그분들을 보며 나는 앞으로도 진로 활동에 열심히 참여하기로 했다. 진로 활동이 먼 훗날 내 꿈을 정할 때 큰 도움이 되지 않을까? 만약 이 경험이 꿈을 정하는 데에 도움이 되지 않더라도 꿈을 향해 나아가는 과정에는 큰 도움이 될 수 있을 거라고 나는 생각한다. 나도 내 꿈을 정하고, 그 꿈을 향해 나아가는 사람이 되고 싶다.

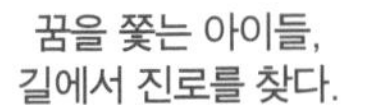
꿈을 쫓는 아이들,
길에서 진로를 찾다.

50만 원 받고 노잼 축제에서 손님 대하기 vs 그냥 살기

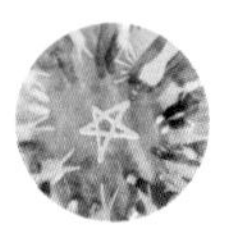

2학년의 동아리 활동은 1학년 때와 많이 달랐다. 1학년 때는 글쓰기가 대표 주제였다면, 2학년의 메인 주제는 '사회적 기업'이었다. 사회적 기업이란 사회적인 기여를 하면서 돈을 버는 기업들을 말하는데, 우리는 이에 대해 자세히 알아보기 위해 다양한 사회적 기여 체험과 기업탐방을 해보곤 했다. 그러나 내가 사업이나 기여 쪽엔 관심이 없었기 때문인지 나는 그러한 활동들에 흥미를 느끼지 못했었다. 그러던 도중, 우리 동아리는 한 축제에 나가게 되었다. 그 축제는 '창의체험동아리 축제'로, 다양한 체험을 통해 동아리를 소개하는 축제였다.

"우리 동아리는 가서 어떤 체험을 주최할지 정해 보자!"

"정하든 말든 상관이 있을까…? 솔직히 우리 동아리 노잼이어서 아무도 안 올 거 같은데."

하지만 나는 우리가 그 축제에 나가는 것이 딱히 마음에 들지는 않았었다. 내가 '사회적 기업'이라는 주제에 흥미를 갖지 않았기에 다른 사람들도 나처럼 이런 재미없는 활동들에 관심을 갖지 않을 거라는 편견 때문이었다. 그렇기에 우리 동아리 같은 재미없는 동아리가 저런 축제에 나갔다가는 괜한 쪽이나 당하지 않을까 하는 걱정만 한 편에 떠올랐었다. 이 걱정 때문에 나는 '이 노잼 동아리를 최대한 재밌어 보이게 해보자!' 라는 생각으로 축제를 준비했다.

저 생각을 가지고 내가 처음으로 한 일은 홍보 포스터 만들기였다. 과학 안전 포스터마냥 노잼으로 만들면 아무도 안 올 것 같았기에 나는 포스터에 개그를 첨가하기 시작했다. 새빨간 배경에 다양한 꽃들도 넣고, 금색의 궁서체로 홍보 문구를 적었다. 그렇게 만들어진 포스터는 꽤나 마음에 들었는데, 문제는 동아리 부원들이었다. 내가 생각한 포스터의 방향성은 개그였지만, 나의 부원들은 포스터의 미적인 감각을 원했다. 그랬기에 내 포스터에 괜한 참견을 하기 시작했고, 결국 그 포스터는 개그도 예술도 아닌 실패작으로 남고 말았다. 그렇게 우리는 포스터 만들기부터 대차게 망해버려서 나는 우리가 축제에서 쪽을 당하진 않을지에 대해 더욱 심각하게 고민하기 시작했다.

그렇게 우리는 오직 걱정만을 품고 축제가 열리는 장소에 도착했다. 축제 당일 나는, 전날에 있었던 축제 후기들과 우리의 부스를 비교해 보며 안 그래도 근심을 더 키운 상태였는데, 도착하고 본 상황은 나를 더 혼란스럽게 하기에 충분했다. 바로 선생님께서 우리 부스 위로 우리 동아리의 사진과 상장들을 나열하고 있었기 때문이다! 내 머릿속에는 이렇게 됐다가는 우리 동아리가 노잼으로 소문이 날 것이 분명하다는 생각밖에 들지 않았다. 그렇게 나는 선생님과 함께 그것들에 대해 상의하기 시작했다.

"쌤…. 이런 거 있으면 사람들 안 올걸요…. 이건 저 뒤에 두고, 저희 앞쪽에는 체험 부스를 둡시다."

"우리가 이곳에 온 이유는 동아리를 소개하기 위해서이지, 사람들에게 체험을 시켜주기 위함이 아니야."

하지만 난 학생이고, 선생님은 선생님이시기에 당연히 선생님의 의견이 주가 되었다. 그리고 나는 이 상황에서 우리 동아리가 더 재밌어 보이게 하기 위해 더욱더 노력하기로 했다. 바로 오는 사람들에게 동아리 소개와 체험 부스를 소개하고, 원하는 체험 부스로 안내도 해야 하는 카운터 역할을 내가 맡기로 한 것! 나는 최대한 간략한 설명과 지루하지 않게 말을 이어가며 우리 동아리를 소개할 수 있는 방안을 찾아 나섰다.

그렇게 축제가 시작되었다. 우리 부스의 운영은 2교대로 진행이 되었는데, 나는 그중 1팀이었다. 처음 시작하니 대부분의 사람들은 다른 부스에 비해 재미가 없어 보이는 우리 부스로 잘 오지 않았다. 심지어 한 학교에서 단체로 손님이 왔을 때도 우리 부스에는 단 한 명의 손님도 오지 않은 상태였다. 그러면서 축제에 대한 흥미와 집중도가 떨어질 때쯤, 드디어 우리의 첫 손님께서 오셨다.

"혹시 저희 동아리의 부스를 체험하기 전에 딱 30초만 저희 동아리에 대한 설명을 듣는 데에 기여해 주실 수 있으신가요?"

나는 내가 말이 빠르다는 점을 이용하여 첫 손님께서 우리 부스에 대한 흥미를 잃지 않도록 재빨리 우리 동아리를 소개했다. 중간중간 질문을 하면서 계속 내 말을 듣고 있다는 것을 확인하는 것도 잊지 않았다. 우리 동아리가 했던 활동들, 그리고 그 활동들과 우리 부스가 어떠한 연관이 있는지에 대해 약 30초 동안 설명을 했고, 체험 부스로 연결까지 시켜드렸다. 그렇게 첫 손님께서 설명을 다 듣고 체험까지 알차게 하시고 가신 후에, 드디어 우리 부스에도 많은 사람들이 오기 시작했다. 어려웠지만 오는 손님분들을 다 대하고, 이제 교대할 시간이 되자, 머릿속엔 약간의 아쉬움이 남았다.

'남의 부스를 체험하는 것도 재밌지만, 이렇게 손님을 대하는 것도 재미가 꽤나 있는걸.'

그렇게 남의 부스를 체험하면서 나는 재미를 느끼기도 했지만, 대부분의 시간을 의문으로 보냈다. 그리고 그 이유는 다른 동아리의 체험들이 생각보다 재미없어서가 아니라 오히려 그 반대의 이유였다. 체험이 너무 재밌었다는 것인데, 그 재미에 비해 그 체험들이 각자의 동아리랑 어떠한 상관이 있는지를 전혀 알 수 없었기에 그에 대한 의문을 품을 수밖에 없었다. 비슷한 예시를 하나 들어보자면 영어 동아리에서 전통악기 체험을 하고 있는 느낌이었다. 동아리를 소개한다는 이 축제의 취지와 맞지 않는 부스들이 대부분이었달까. 모순적이게도 그 부스들은 내가 이곳에 오기 전까지 바라던 부스의 모습이기도 했다. 사람들이 많이 오며, 오직 재미만을 추구하는 부스. 난 그 부스들을 체험하며 내가 이 동아리 축제에 관해 가지고 있던 걱정들을 다 떨칠 수 있었다. 내가 추구하던 부스들은 축제라는 단어에는 잘 어울리겠지만, 이번 축제에서만은 잘 어울리지 않을 거라는 생각이 들었기 때문이었다.

그 생각을 가지고 한 번 더 교대를 한 후, 다시 우리 부스로 오는 사람들을 접대하기 시작했다. 시간이 지나서인지 아까보다 훨씬 더 많은 사람들이 우리 부스로 쏟아져 내렸다. 한 팀을 안내해드리면, 바로 다음 팀이 들이닥치고, 그 뒤에는 줄도 길게 서 있던 탓에 입이 쉬지를 못했다. 그렇게 나는 많은 사람들에게 우리 동아리에 대해 소개를 드리며 나는 다양한 종류의 사람들을 만났다. 오직 체험에만 관심이 있는 남학생들, 심사위원 마냥 동아리에 관해 다양한 질문을 쏟아내시는 어른분들까지. 그리고 다양한 타입의 손님들을 대하며 나도 손님을 대하는 노하우를 익히기 시작했다. 전자에 해당하는 사람들에게는 원래 하던 설명의 반 정도만 하고 빨리 끝냈고, 후자에 해당하는 사람들에게는 시간상 빼먹었던 설명들도 덧붙여서 얘기해드리며 심사를 잘해달라는 무언의 아부를 하곤 했다. 다음 교대 때도 부스 체험을 하는 사이사이에 오히려 중간중간 우리 부스로 돌아가서 구경을 했다. 마치 연어가 된 것 같았다. 부스 체험을 하든, 안 하든 계속 우리 부스로 돌아가고 있었으니까.

그렇게 축제가 모두 끝이 나고, 내 머릿속에 든 감정은 다른 진로 체험을 끝내고 들었던 생각들과는 결이 달랐다. 이전까지 내가 갖던 건 뿌듯함이었다면, 이번에 내 머릿속에 든 것은 성취감이었다. 우리 부스로 왔던 사람들에게 우리 동아리의 활동도 알리고, 사회적 기업에 대해서도 더 알린 것 자체가 주는 성취감도 있었지만, 내가 이 동아리 부원으로서 드디어 한 건 한 거 같다는 생각이 가져다준 성취감이 꽤나 컸다. 우리 동아리는 결국, 이 축제에서 대상을 받으며 상금 50만 원을 받았다. 그리고 나는, 그 50만 원 중에 45만 원 정도는 내가 기여하지 않았나 하는 생각이 든다!

나의 롤 모델(역할모델)을 찾아 정리해 보자.

인생은 매번 선택하며 살아나간다. 내가 가고자 하는 길을 산 이들을 참고하면 어떨까? 이를 참고하여 내가 갈 길을 계획하며 나를 위한 격려의 글을 적어보자.

* 역할 모델(role model)은 특정인을 설정한 뒤, 성숙해질 때까지 그 인물을 본보기로 삼는 것을 의미한다.(출처 위키백과)
* "해보지 않고 안 된다고 말하지 말라. 재주가 없어서, 가난해서 실패하는 것이 아니라 목표가 없어서 실패하는 것이다." - KTF부사장 조서환

로드 투 꺼리어 : ACE OF ACE

나는 1, 2학년 동안 동아리에서 보내주는 꺼리어로드 스콜라를 다녀왔었다. 1학년 땐 서울대를 다녀왔었고, 2학년 땐 경북대와 영남대를 다녀왔다. 그리고 올해의 꺼리어로드 스콜라는 항상처럼 진로동아리에서 주최하는 것이 아니라, 동구교육청에서 주최됐다. 목적지는 서울대였는데, 그래서일까 많은 학생들이 지원했다. 지원생 중에 몇 명을 뽑기 위해 진로 선생님은 최후의 보루로 지원동기와 진로 로드맵 발표를 통해 몇 명을 가리기로 했다. 그렇지만 글쓰기와 발표가 귀찮았던 학생들이 우수수 포기해버린 탓에 글쓰기, 발표 없이 그냥 포기하지 않았던 사람들이 모두 뽑히게 되었다. 물론 그중에는 나와 내 친구도 있었다.

"너 어디야?"

"누구세요…?"

"니 담임이다."

"네…? 저 서울대 가고 있는데요…?"

새벽같이 일어나서 이동하는 동안 내가 서울대 가는 날이 오늘인 줄 몰랐던 담임 선생님과 작은 마찰이 있었지만, 대부분의 시간 동안 설레는 마음을 품으며 오랜 시간을 지겹지 않게 흘려보낼 수 있었다. 그렇게 처음 출발할 때, 이번 일정에 대한 내 생각은 꽤나 가벼웠다. '1학년 때 이미 갔다 왔으니 별로 배울 게 있을 거 같지도 않고, 그냥 학교 째려고 가는 일정' 정도였다.

오랜 시간이 지나서 도착하고, '샤' 마크 앞에서 사진을 찍었다. 내가 다시는 해보지 못할 경험이라는 생각이 들어 즐거웠다. 그리고 1학년 때와 같이 학생회 분들께 학교 소개를 받았는데, ppt 자료부터 모든 대사가 1학년 때와 똑같았다. 심지어 학생회 분들이 중간중간에 내는 문제들도 예전과 똑같았던 탓에, '학생회 분들이 귀찮으셨나…?'라는 생각도 들었다. 그래서 중간중간에 괜히 왔나 하는 후회가 되기도 했다.

다음에도 재작년처럼 버스투어를 했는데, 이것도 중간중간에 하는 농담들까지 다 똑같았다. 그래도 이번에는 진로 고민을 하며 관련 내용을 조금이라도 찾아봐서일까, 대학에 대해 아무것도 모르던 1학년 때는 아무것도 이해가 안 됐던 설명들임에도 저번보다 더욱 흥미 있게 들렸다. 특히 내가 관심이 있었던 곳은 '화학공정신기술연구소'였는데, 다음에 기회가 된다면 더 자세한 설명을 들어보고 싶었다.

이다음에 했던 건 조별로 재학생 멘토분들과 만나서 질의응답을 하는 거였는데, 사실 이게 내가 이번 꺼리어로드 스콜라에 지원한 주목적이기도 했다. 고등학교를 준비하며 겪을 어려움이나 공부법에 대해 더 자세하게 조언을 받고 싶었다. 그렇게 만난 멘토분은 서울대 의대생이였는데, 현재는 휴학계를 낸 상태라고 하였다. 낯을 많이 가려서 처음엔 자신감 있게 질문을 하지 못했지만, 나중엔 용기를 내서 내게 필요한 팁이나 평소 서울대생분들한테 궁금했던 점들을 질문할 수 있었다. 그중 가장 도움이 됐던 것은 세특 부분이었는데, 멘토 선생님은 평소 공부하면서 궁금했던 점들과 찾아본 답변들을 따로 정리해뒀다가 글에 썼다고 했다. 또 관련 캠페인에 참여하기도 했다고 하였는데, 실제로 수험생활을 몇 년 전까지

했던 분의 의견이라 더욱 와닿았던 것 같다.

그렇게 멘토분과의 만남을 끝내고 집으로 돌아가는 길, 후회와 의문을 가득 안고 출발했던 기억은 어디 갔는지, 나는 그때보다 더 설레있었다. 더 배울 게 있을까 생각했던 것과 다르게 오히려 아는 게 더 많아져서일까, 깨달은 것도 1학년 때보다 더 많았던 것 같다. 물론 내가 서울대 재학생이 될 수는 없겠지만, 다른 기회로라도 서울대에 또 와서 이런 경험을 또 해보고 싶다는 생각이 들었다. 한 번 경험하는 것보다 여러 번 경험해 보는 것이 좋다는 걸 이제는 알았으니까!

꺼리어로드 스콜라 계획을 세워보자.

학교에서 뿐 아니라 많은 체험활동, 여행 등에서 진로와 연관된 활동을 하고 경험을 정리해 보자.

모든 직업과 일은 서로 연결되어 있다. 실제 사회에서의 모습을 유심히 살피고 경험하는 것은 진로를 계획하는데 도움이 될 것이다. 나의 흥미와 적성 관련한 분야, 또는 나의 흥미와 적성과 맞지 않는 분야라는 것을 확인해 나가는 것도 필요하다. 여기서 중요한 것은 모든 일은 서로 연결된다는 것을 유념하시라는 것.

에필로그

★

오래 준비했던 프로젝트가 드디어 끝을 마주했다고 생각하니 홀가분하면서도 뭔가 씁쓸하다. 후기를 처음 써 보는 것도 아닌데 어색하기도 하다. 이제 진짜로 내 중학교 동아리 생활의 끝을 맞이했다는 것이 실감나는 것 같다.

이번 프로젝트에 나름 열심히 참여했다고 생각했는데, 막상 프로젝트를 마칠 때가 다 되니, 후회가 많이 남는다. 조금 더 열심히 했다면, 지금보다 더 좋은 결과물이 나왔을 걸 알기에 더욱 그런 것 같다.

이 일을 위해 지금껏 달려왔던 일들이 지금 당장 나에게 도움이 될지는 모르겠다. 그래도 언젠가는 이 경험들이 나의 피가 되고 살이 되어 날 돕지 않을까? 비록 미래에 나에게 큰 도움이 되지 않더라도, 이 자체로 재밌고 보람찼다고 생각한다. 나에게 이런 경험의 기회가 온 것이 참 감사하다.

스쿱잡이의 첫 걸음

박지원

프롤로그

나를 향한, 내 미래를 향한
문을 열다

나 '스쿱잡이'는 중학교 2학년이다. 나는 초등학교 6학년까지 꿈이 없던 사람 중 한 명이었다. 하지만 어느 한 영상을 보고 방송기술자라는 꿈이 생겼다. 그래서 나의 꿈에 한 걸음 더 나아가기 위해 '진로탐색토론동아리'에 지원하였고, 현재 4기로 열심히 활동하고 있다. 스쿱이란 방송 용어 중 하나로, 빛을 넓게 반사시킨다는 뜻이다. 나는 스쿱이 빛을 넓게 반사하는 것처럼, 미래를 비춰줄 발판으로 생각하여 이렇게 짓게 되었다. 이 활동을 통해 내가 이때까지 생각하지 못한 책 쓰기 능력을 향상시키고, 나의 진로를 향해 한 걸음 더 나아간 것 같아서 매우 좋았다.

나의 첫 동아리 활동
green go!

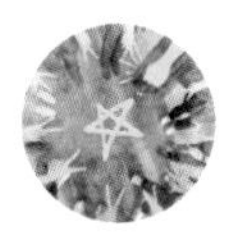

아직 추위가 가지 않은 3월의 토요일에 우리 동아리는 진로 활동을 하러 시내로 갔다. 나의 첫 동아리 활동이다. '파묘'라는 영화 보기와 친환경을 주제로 한 '더커먼' 가게에 다녀왔다. '파묘'는 이야기는 들었지만 처음 보는 거라 긴장되고 설레기도 하였지만, 마음을 감추고 영화관에 들어섰다. 파묘의 내용은 무당 하림과 봉길이 LA에서 아기 울음이 멈추지 않아 의뢰를 받으며 시작한다. 그 아기가 이상해진 이유가 조상이 묫자리를 잘못 써서 아버지와 아기, 할아버지까지 이렇게 된 것이라고 이야기한다. 그리고 하림과 봉길이는 파묘를 할 풍수지리사 김상덕과 장의사 고영근에게 5억을 대가로 묘 이장을 제안한다. 김상덕은 묘의 흙을 먹어 본 후 바로 뱉어내며 심각하게 묘를 살펴보고 떠난다. 하지만 의뢰인이 아기 사진을 보여주며 딸의 결혼식이 열리기 전인 김상덕에게 설득하고, 화림은 같이 대살 굿을 함께하자 제안하는데, 상덕은 그에 응하게 된다. 그렇게 묘를 이장하고 마무리 작업을 할 때, 일꾼 중 한 명이 돈 될 것이 없나 찾아보다가 누레온나라는 뱀을 발견해 내리치며 뱀이 소리치며 사건이 시작되는 이야기이다.

이것은 첫 부분의 일부분이며 뒷부분부터 호러 장르의 일본 귀신과 대치하며 더 흥미진진한 사건들이 많은 영화이다. 화림 역할을 맡은 김고은의 무당연기가 인상적이다. 특히 묘를 이장할 때 돼지를 자르고 자신의 몸을 자해하는 모습은 실제 무당처럼 느껴져 소름이 돋았고, 연기에 빠져들며 더 몰입하게 하였다.

영화를 보고 우리는 환경보호를 주제로 한 '더커먼'으로 이동하였다. 가게에 들어가자마자 환경보호 포스터가 가득 있었다. 포스터가 각각 다른 물건들 주제로 한 것들이라 보는 재미가 있었다. 그곳은 세탁 세제, 샴푸, 천연 수세미 같은 친환경 물건들과 초콜릿, 호두 같은 공정무역을 한 물건들이 대부분이었다. 그리고 친환경을 위해 빈 샴푸 통을 가져오면 샴푸를 리필해 주는 곳도 있고 병뚜껑이나 유리병을 모으는 곳도 있고, 우유갑을 가져오면 휴지 1롤을 주는 곳도 있어서 친환경을 위해 많은 활동을 하는 것을 몸소 느꼈다. 구경을 한 뒤 자리에 앉아 비건 음식을 시켰다. 비건 음식은 동물성 식품(고기, 우유, 달걀 따위)이 전혀 들어가지 않은 음식을 뜻하는데 그래서 그런지 치킨 파스타도 다 두유나 두부로 만들어진 음식이다. 하지만 두유나 두부로 만든 음식이라고 해도 같은 동물성과 식물성을 맞춰 보라 해도 맞출 수 없을 정도로 맛이 비슷하고 풍부했다. 가장 맛있었던 매콤 둥지 크림 파스타는 링귀네면과 매콤하고도 진한 크림소스의 조합이 매우 잘 맞았다. 쫄깃한 팽이버섯과 세송이 버섯에도 크림이 스며들어 매콤 달콤의 예시로 써도 될 정도였다.

환경보호를 위한 신념을 강하게 나타내고 있고 비건에 대한 편견을 없애줄 수 있는 뜻깊고도 유익한 시간이었다. 진로동아리 활동으로 재미와 의미가 있었고, 다시 한번 찾아가 보고 싶다. 환경보호를 다시 생각하고 실천해 볼 것이다.

목표와 가치관은 꼭 있어야 할까?

책을 잘 읽지도 않던 내가 동아리 활동으로 『광고천재 이제석』이라는 책을 읽어보았다. 그 책은 이름과 같이 자신의 천재적인 아이디어를 내려고 갈고 닦았던 이제석의 학창 시절과 광고 천재가 되는 과정의 이야기이다. 처음엔 페이지가 너무 많아 읽기 전부터 꺼려가 되었는데 나의 진로와 관련된 이야기라서 '내 진로랑 관련됐는데 관련 지식을 조금이라도 알 수 있지 않을까?'라는 생각이 들어 읽게 되었다.

시간이 별로 없어 한 시간밖에 읽지 못했지만, 이제석의 과거를 어느 정도 알게 되었다. 글자로만 가득해 잘 이해하지 못했지만, 그 시절의 사진들 덕분에 한 번에 이해할 수 있었다. 내가 뉴욕에서 대학생이 되어 벌레한테 물리고 룸메이트까지 이상한 처지라면 나는 울며 겨자 먹기로 다시 한국으로 돌아왔을 것이다. 그래서 나는 이제석이 노력형 천재라고 느꼈다. 이제석의 창작 광고는 내가 상상할 수 없을 만큼 자신만의 독창적인 광고라서 인상 깊었다.

그리고 이 책을 읽고 동아리에서 '목표와 가치관은 꼭 필요할까?'를 주제로 찬성과 반대 토론을 진행하였다. 나는 가치관은 중요하지 않더라도 목표는 사람이 살아가는데 꼭 있어야 한다고 생각한다. 나도 내 목표가 없었을 때가 있었다. 그때는 삶에 대한 의욕도, 자신감도, 그냥 학교생활만 하고 있었을 때가 있었다. 그때 사람들이 열심히 편집해 만들어놓은 영상들을 보며 '와~!! 나도 저렇게 멋있는 작품을 만들어보고 싶다'라는 생각이 들었다. 그러면서 나의 첫 목표가 생겼고 나는 그 목표를 위해 자격증도 따며 내 목표를 이루려고 노력했다. 자격증을 따내며 자신감도 생겼고 마침내 나는 코딩, 편집과 같이 사람들이 하지 못하는 기술까지 만들 수 있는 사람이 되면서 나의 진로를 향해 더 나아가고 있다는 느낌을 받게 되었다. 이처럼 자신의 뚜렷한 목표가 생긴다면 자신감이 없던 사람도 모든 것을 하고 싶지 않았던 사람도 그 하나로 조금씩 발전해나가며 자신감과 의욕이 되살아날 수 있다고 믿는다. 그래서 나는 가치관은 필요 없어도 목표는 꼭 필요하다고 생각한다.

내가 중요하게 생각하고 실천하고 싶은 행동을 적어보자.
인생은 ABCD, 인생을 만들어 가는 행동을 바꾸는 생각, 그리고 마음을 먹어보자.

마음이 바뀌면 생각이 바뀌고
생각이 바뀌면 행동이 바뀌고
행동이 바뀌면 인생이 바뀐다

나의 노력의 결과

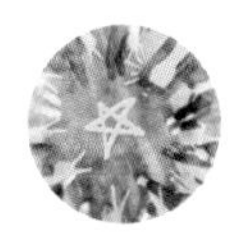

나는 최근에 중간고사를 쳤다. 너무 오랜만에 치는 시험이라 가슴이 두근거리고 떨렸으나 나는 최선을 다했다. 이번에 나는 공부 방법을 바꾸어 시험 준비를 했다. 그래서 그런지 작년 시험보다 훨씬 잘 나오게 되었다. 공부 덕분에 정말 뿌듯하고 내가 자랑스러워진 것은 처음이었다. 그럼 이제부터 내가 한 공부 방법을 이야기해 보고자 한다.

먼저 나는 역사 같은 암기 과목들은 노트 정리를 하였다. 먼저 이해를 하려 하고, 내가 모르는 단어를 검색해서 이해하려고 노력했다. 공책에 학습지와 교과서에 있는 내용을 정리할 때는, 그 역사적 흐름을 내 머릿속에서 천천히 되짚어보니 내 마음도 편해지고 공부가 더 잘 되었던 것 같다.

두 번째로는 '공부할 땐 자신의 상상력을 발휘하고 전문가에게 질문하면서 공부를 해야 한다. 그래야 재미가 느껴지고 이해를 더 잘할 수 있다'라는 선생님의 조언에 따라 선생님들에게 이해하지 못한 것들은 물어보고 인강을 들으며 나의 공부를 이어갔다. 그러니 정말 흥미가 전보다 많이 생기고 이해가 잘 되었다. 그리고 굳이 많은 사람의 의견에만 따르지 않으며 '이게 왜 그렇지?' 생각하며 스스로 생각하며 나의 공부를 발전시켜 나갔다.

이게 바로 내가 이때까지 한 중간고사 공부법이다 이 공부법으로 나는 내가 앞으로 나아갈 방법을 찾았다. 앞으로도 이 공부법을 사용하여 내 집중력도 발전시키고, 기말에도 사용하여 꼭 평균이 오를 수 있도록 노력할 것이다.

메타인지, 중학교 공부의 효율을 높이는 방법을 익혀가자. 시험 준비는 스스로 계획하고, 스스로 아는지 모르는지 질문하며 공부해 보자.

출처: 캠퍼스멘토

학교 운동장에 함성이 울려 퍼지던 날

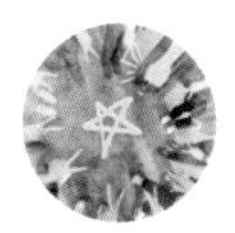

체육대회 날이다. 계주 결승에 우리가 올라 있고 내가 퍼포먼스 센터라는 사실에 죽을 만큼 떨렸다. 그때 친구가 내 머리를 하트 머리로 땋아주고 사과머리도 해주었다. 그런데 친구들이 이쁘다고 칭찬을 해주어서 가슴이 조금 나아진 것 같았다. 대망의 퍼포먼스 시간! 3반이 우리보다 먼저 하였는데 3반이 너무 잘해서 심장이 터질 것만 같았다. 그리고 우리 차례가 되어 먼저 '라이언 킹'으로 중앙까지 걸어간 뒤 '뱅뱅뱅'을 추었다. 앞에 있는 선배들과 후배들의 함성 때문에 더 즐겁게 할 수 있었다. 우리의 퍼포먼스가 끝난 후, 우린 자리에 앉아 남은 반 퍼포먼스를 봤다. 그런데 5반과 8반이 너무 화려하게 무대를 뒤집어서 '우리 반이 베스트 퍼포먼스 상은 못 받겠다…'라는 생각이 들었다.

그렇게 끝난 후 팔자 줄넘기를 하였다. 팔자 줄넘기를 잘하지 못하는 친구들은 다 안 하고 잘하는 친구들끼리 나갔다. 하지만 연습할 때 계속 걸리고 제대로 하지 못해서 망한 feel(느낌)이 나길래 걱정했는데 실전이 되자마자 술술 넘어가며 145개 최고 기록을 세워 1등이 되었다. 우리는 너무 놀라 소리도 지르고 함께 기뻐하면서 즐거움을 나눴다.

다음은 파도타기를 하였다. 이것은 애들이 계속 걸리고 넘어져서 이건 버리고 가자고 하면서 친구들과 얘기한 종목이다. 마지막 연습 때에도 줄을 놓치고 걸려서 '그냥 망했다…'라는 생각을 하였고 드디어 실전 상황이 되었다. 그런데 시작하자마자 일정한 속도에 일정한 높이로 우리를 위해 갖추어 있던 것처럼 잘 되었다. 그래서 우리가 가장 짧은 시간 안에 끝내 1등을 하여 200점을 얻었다. 이 정도면 우리 반은 실전에 강한 것이 분명하다.

마지막으로 계주였다. 계주는 운동회의 꽃! 아니겠는가? 그리고 내가 계주 주자여서 그런지 너무 떨려서 못하겠다고 말하고 싶을 만큼 흥분되어 미쳐버릴 것만 같았다. 내가 세 번째라 1번째 2번째 친구들이 먼저 달리기 시작하였다.

"탕!"

소리가 나자마자 1번 친구는 제일 1등으로 달리고 2번 친구가 훨씬 더 격차를 늘여놔서 '정말 다행이다'라고 생각하는 찰나에 내가 바통을 받고 달리기 시작하였다. 하지만 내 옆에 뛰던 다른 반 주자가 나를 밀치고 가려는 게 아니겠는가? 그래서 나도 살짝 밀치고 더 빠르게 치고 나가 1등으로 들어왔다. 하지만 또 다른 우리 반 주자가 실수로 넘어져서 3등이 되었다. 하지만 마지막 주자가 가장 빠른 친구라 앞에 달리고 있는 많은 주자를 제치고 2등으로 들어왔다. 나는 기뻐함도 잠시 계주하다가 다쳤던 친구를 보건실로 데려다주고 다시 기쁨을 누렸다. 정말 행복했고 또 다시 느낄 수 없을 것 같은 행복이었다.

이제 등수 발표 시간이다. 정말 대박이었던 것은 베스트 퍼포먼스 상과 종합 1등 상을 우리 반이 받은 것이었다. 퍼포먼스 상은 5반이나 8반이 받을 줄 알았는데 정말 놀라웠다. 우리는 난리 부르스를 치며 앞으로 나가 상금 20만 원을 받고 사진도 찍으며 끝이 났다. 내년 체육대회 때도 이렇게 많은 상금도 받고 친구들과의 단합심도 키워보고 싶다. 내년이 너무 기대된다.

꺼리어로드 스콜라, 서울대

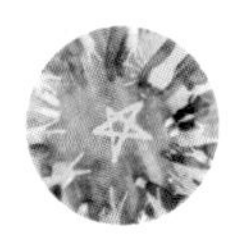

우리는 무려, 학교를 빠지고 서울대를 다녀왔다. 너무 설레기도 하고 즐거울 거 같은 기대감 때문에 2시간밖에 자지 못하고 일어났다 일어나서 전에 서울대 갈 때 입으려고 산 옷을 입고 친구를 만나 함께 동구청으로 갔다. 그곳에 도착해 다른 곳에 사는 친구들을 만나 버스에서 먹을 과자도 사고 앉아서 친구들 사진도 찍으며 버스가 출발하길 기다렸다. 잠시 후 오늘 담당해 주실 선생님이 오셨고 우리는 선생님의 말씀을 따라 안전하게 서울대에 도착했다.

우리는 서울대 홍보실에 갔는데 다 너무 이쁘고 말도 잘해서 너무 놀랐다. 대부분 규장각과 중앙도서관에 관해 설명하였다. 크고 시설도 엄청 좋아 우리 학교보다 더 좋아 보였다. 그리고 학교를 버스 탐방도 했는데 3만 평이라는 것이 실감 날 정도로 한 건물의 크기가 우리 아파트만 했고 다 합치면 우리 아파트 전체 크기보다 큰 것처럼 느껴졌다. 정말 컸다. 나는 '미래에 이런 대학교에 와서 자부심을 느끼고 싶다' 생각했다. 멘토들과의 식사 시간이 있었는데 처음 보는 친구 4명과 멘토 한 명이 함께 식사하였다. 식사실에 너무 많은 사람이 우리를 쳐다보는 것 같은 부끄러움도 나고 이 5명의 적막에 너무 눈치가 보여 빨리 밥을 해치우고 나가서 카페를 갔다. 가는 길마다 풍경이 마치 영화 한 장면이나 영국 힐링물 같았다. 본격적으로, 진로에 관한 이야기를 나누었는데 우리 멘토분은 의학을 공부하는 학생이었다. 지금 정부 때문에 의학 관련 강의는 나가지 않고 문학 관련된 강의만 출석한다고 하였다. 문학 강의 중 시 쓰기에 관해 이야기하였는데, 시를 쓰며 자기 생각도 정리하고 시에 대한 즐거움이 나타난다고 하였다. 그리고 의학생들은 자유 강의가 다른 학과보다 많이 한정되어 있지만 할 수 있는 것이 많다 하였다. 그리고 '언젠가 내가 PD가 되기 전에 자기랑 친해져야겠다'라는 농담도 하고 앞에 숲이 있어서 그런가 맑은 공기로 머릿속이 깨끗해져 그 시간이 제일 편했던 것 같다.

그렇게 많은 시간이 지나고 서울대의 예쁜 굿즈들을 사고 우리는 집으로 출발하였다. 멘토분과 얘기하면서 내가 나아가야 할 방향과 진로, 앞으로의 계획, 나의 공부 방법에 대해 더 생각하게 되었고 앞으로 내가 여기까지 올 수 있도록 노력과 경험을 쌓아야겠다고 다짐하였다.

처음으로 1학년을 이끌다

오늘 우리는 진로 캠프를 시작했었다. 약 한 달의 대장정을 경험한 것은 매우 피곤하고 힘이 들었다. 지금까지의 일을 한번 정리한다.

먼저 우리는 몽실 언니의 책을 읽으면서 시작하였다. 『몽실 언니』는 『강아지똥』 같은 동화책을 쓰신 권정생이 쓰신 글로, 6.25 전쟁 시대를 배경으로 하였다. 주인공 몽실이가 어머니와 함께 정 씨 아버지를 피해, 김 주사에게 시집을 가서 김 씨의 딸로 적응하며 평화로운 생활을 보냈었다. 그런데 밀양댁과 김 주사 사이에서 아들인 영득이가 태어나면서 그 행복이 깨져버렸다. 김 주사가 몽실이를 모질게 대하고 밀치면서 절름발이가 되어, 다시 정 씨 아버지네로 돌아가게 되었다. 그곳에서 정 씨 아버지의 새어머니인 북촌 댁에게 어렵게 마음을 연 몽실이는, 가난하지만 행복한 생활을 보내게 되었다. 하지만 아버지가 전쟁터에 끌려가게 되고 북촌댁은 남남이를 낳아 놓고 죽음을 맞이하게 된다. 남남이와 둘이 남게 된 몽실이는 온갖 시련을 겪고 있을 때 친어머니인 밀양댁도 영득이와 영순이를 남기고 죽음을 맞이하였고 정 씨 아버지마저 사망하게 되었다. 그러면서 몽실은 동생 3명이랑만 남게 되었을 때, 영득이 영순이와 헤어지고 남남이는 부잣집 양딸로 들어가게 되면서 혼자 남게 되었다. 30년이 지나고 몽실이가 꼽추 남편과 결혼을 해 몽실 언니가 막을 내리게 되었다.

나는 몽실 언니를 보면서 이때 당시 상황이 정말 열악하고 힘들었던 시기였음을 한 번 더 깨닫게 해주어서 정말 좋았다. 이젠 다시 한민족이 싸움을 벌이며 피를 흘리는 전쟁은 하지 말고 모두 함께 이룰 수 있는 세상이 되어 누구나 노력하며 즐길 수 있는 평화로운 세상이 되었으면 좋겠다고 생각했다.

그리고 10월 12일, 하늘이 높고 맑은 하늘과 햇살이 가득하던 날에 안동으로 문학 여행을 떠났다. 1학년 애들과 같이 어딘가로 떠나는 것이 처음이라 가슴이 두근거렸고 나의 친구들과 다른 지역으로 떠나는 게 처음이라 매우 설레었다.

먼저 우리는 이육사 문학관에 다녀왔다. 먼저 '이육사 열사님'에 대해 소개하면 안동에서 태어나서 청포도와 절정, 광야와 같은 작품들을 만들어낸 시인이자, 대구 격문 사건과 같은 독립을 위해 힘써주신 독립운동가이다. 이런 분의 일생을 영상으로 보고 이육사 열사님의 따님을 만나 이육사 열사님에게 관심이 생기게 되었다. 그리고 열사님이 겪었던 아픔들을 생각해 보면 얼마나 참혹하고 잔인했는지 떠올리게 되어 마음 한쪽이 아프기도 하였다.

그리고 점심으로 안동 찜닭을 먹으러 갔다. 사실 이 찜닭을 먹는 것이 내가 진로 캠프를 신청한 이유 중 하나이기도 하다. 우리가 가자마자 찜닭이 바로 나와서 먹었는데, 닭의 이 부드러움과 쫀쫀하고도 짭조름한 맛이 내 입안을 감쌌고 그 안에 있던 당면이 나를 안아주는 것 같아 정말 따뜻했다. 이때까지 먹은 찜닭 중에 가장 맛있었던 것 같다.

마지막으로 권정생 문학관에 다녀왔다. 권정생 선생님은 『강아지똥』과 오기 전에 읽은 『몽실 언니』 등을 쓴 작가분으로 이분의 책을 읽고 영상을 보니 더 쉽고 실감이 나게 시청하게 되었다. 남북이 전쟁이 일어나지 않고 행복하게 어린이들이 살면 좋겠다고 생각한 것 자체가 너무 대단하였다. 또한 선생님이 남긴 모든 재산을 어린이들을 위해 사회에 기부한 것도 아이들의 대통령은 이분이 아닌가 생각하게 되었다.

이렇게 여러 가지 활동을 한 뒤 우리는 학교에 도착하고 해산하게 되었다. 많은 준비와 경험으로 친구들과 이야기하고 후배들을 이끌며 배우는 보람찬 기회였다. 앞으로도 이런 캠프가 계속되어 또 친구들과 함께 즐겁게 다녀오고 싶다.

나의 미래 연습

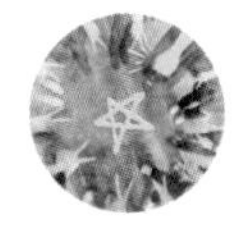

오늘 나는 기자단으로 꿈청진기(꿈을 찾는 청소년 기자 활동) 대회를 위해 TBC 방송국에 갔다. 나는 방송국을 처음 가보기도 하고 나의 꿈과 관련된 장소 중 하나라서 가슴이 콩닥거리고 활어같이 날뛰었다.

먼저 진로 선생님의 차를 타고 방송국까지 갔다. 솔직히 거기서 교통비로 2만 원을 준다는 사실에 행복 회로가 막 돌아갔다. 그리고 방송국을 탐방하는 것을 도와주실 분을 만나 탐방을 시작하였다. 처음엔 실제 방송화면에 나오는 세트장에 갔다. 딱 들어갔을 때, 천장에 많은 카메라가 있었다. 생각보다 규모가 커서 놀라웠다. 그곳에서 실제 아나운서분들이 보도하는 곳에도 서보고 카메라도 만져보면서 내가 화면으로만 봤던 장소를 실제로 만나게 되어 정말 실감났다. 두 번째로 조종실을 갔다. 조종실은 2개로 나뉘어 있었고, 부조종실은 뉴스와 같은 실시간으로 나가는 영상들에 방송사고나 큐사인을 보내며 진행을 지휘하는 공간이었다. 내가 미래에 꼭 하고 싶었던 일을 하는 공간을 직접 가보니 정말 신기했다. 이때 질문을 하는 시간을 가졌는데 방송사고에 대해 대처하는 방법을 묻자, 방송사고의 종류가 되게 많고 VCR이 나가야 하는데, 준비가 안 되거나 플레이가 안 되면 진행자가 애드리브로 순간을 끌고 준비가 되면 진행자가 '다시 뉴스 전해드리겠습니다' 하고 내보낸다고 하며 진행자의 노련함 언변, 순발력, 빠른 대처가 중요하다고 말씀하셨다.

여러 장소를 체험하며 시간이 흐르고 우리는 TBC에 대해 많이 알고 다시 학교로 돌아갔다. 내가 정말 하고 싶은 일을 하는 장소에 직접 가서, 내가 해보고 싶었던 것을 바로 앞에서 볼 수 있었던 것이 매우 좋았다.

가슴이 벅차다. 미래에 나도 이런 곳에서 일하고 싶다는 생각이 절실해졌다.

가슴이 콩닥콩닥~~!!
나의 꿈과 관련된 방송국 체험을 하고
꿈청진기 활동 결과 보고서 작성
기업 소개 기사문 작성
그리고 방문 기업 광고 제작

나의 발전을 향해 한 걸음 나아가다

대구광역시 학생 책 축제에서 시험을 치는 3학년을 대신해 2학년이 우리 동아리 활동을 발표하기로 하였다. 가는 길에 내가 실수를 할까 불안한 마음이 조마조마하기도 하고 콩닥콩닥 설레기도 하였다.

2.28도서관에 도착했다. 약속 시각보다 일찍 도착하여 친구와 근처를 둘러보기로 하였다. 아직 오지 않은 친구에게 우리는 전화를 하였다. 그때 "우리 위치 거기 아닌데?"라는 사실을 듣게 되었다. 전날 선생님이 시내 아니라고 강조하셨지만 이미 우리는 시내 도서관에 있었다. 잘못 갔다는 사실을 알자마자 뒤를 돌아봤지만 이미 우리를 내려주고 가버린 차를 보며 절망하였다. 허무하게 걷다가 결국 택시를 불러 약속한 도착지로 갔다.

2.28도서관에 도착하였다. 원래 만나기로 한 시간보다 30분이나 늦어버려 '망했다'라는 생각뿐이었다. 하지만 도착하니 친구들이 연습하는데 다음 차례가 내 차례 아니겠는가? 나는 '정말 다행이다'라고 생각하며, 한시름 마음을 놓았다. 평소대로 연습하고 난 뒤, 이제 발표가 시작되었다. 우리가 5번째여서 다른 사람들의 발표를 볼 수 있었다. 다들 재밌는 활동도 많이 한 것 같아 부러운 마음도 들고 그래도 우리가 더 많이 했다

는 자신감도 들었다. 우리가 발표할 차례가 되었을 때, 갑자기 나의 심장이 터지듯이 뛰기 시작했다. 내가 마지막 순서라 엄청나게 떨리기도 했지만, 이때까지 내가 했던 연습으로 인해 많은 실수 없이 끝내게 되었다.

솔직히 '더 연습했으면 좋았을 텐데…'라는 아쉬움도 있었지만 앞으로 나의 미래에 나아가게 되는 첫걸음으로 생각하여 좋은 추억으로 남긴다.

오늘도 나의 발전을 향해 한 걸음, 아니 두세 걸음 나아갔다.

도전의 경험을 기회로 만들자. 인생은 'ABCD' 선택하고 기회를 활용하며 나를 변화시키는 기회라고 한다.

내가 활용하면 좋은 기회가 되는 것은 무엇이 있을까?

학교 안내와 홈페이지를 활용하여 정보를 체크하자. 학교 행사, 각종 대회, 체험, 진로캠프, 동아리 활동 등을 소홀히 넘기지 말고 적극적으로 참가하여 경험으로 나의 진로 적성을 찾아보자.

에필로그

★

이 책을 마무리하는 지금, 나의 첫 번째 책이 세상에 나온다는 것은 단순한 글자의 나열을 넘어, 이 당시의 여러 감정이 읽는 독자에게 느껴지게 한다는 것이다. 이 책으로 독자분들에게 나의 행복하고 힘들었던 감정들을 나눌 수 있게 되어 정말 기쁘다. 선배들과 함께 만들어내던 이야기들이 독자분들에게 어떤 행복을 주고, 그리고 함께 성장할 수 있는 계기가 될 수 있을 것이다. 이 책이 이걸 보고 있는 당신에게라도 이 책이 옛날을 회상할 수 있는 좋은 책이 되기를 빈다.

마지막으로, 나는 이 책으로 끝이 나지 않을 것이다. 나는 이 책을 계기로 무궁무진한 가능성에 도전할 것이다.

읽어주셔서 감사합니다.

피아노잡이의 경험 이야기

박세영

프롤로그

★

음역대가 넓고 표현력이 풍부한 피아노처럼 다재다능한 사람이 되고 싶은 피아노잡이

안녕. 나는 다재다능한 사람이 되고 싶은 피아노잡이야. 고등학교 입학을 준비하느라 피곤한 중학교 3학년이지. 나는 오늘같이 선선한 바람이 불고 따뜻한 공기가 날 포근히 감싸는 가을을 좋아해. 나는 내가 좋아하는 일은 어떤 방법을 써서라도 하고자 하는 의지가 있고 정말 집중을 하지만, 싫어하는 일은 어떤 방법을 써서라도 하지 않으려고 하고 집중이 안 되는 사람이야. 뭐, 집중을 하려 갖은 노력을 하는 것도 아니지만.

'일체유심조(一切唯心造)'라는 말을 들어봤어? 모든 것은 내 마음 먹기에 달렸다는 뜻이야. 엄마가 내게 자주 하는 말이지. 우리 집 가훈이기도 해.

나는 우리 엄마처럼 다양한 걸 잘하는 사람이 되고 싶어. 그래서 경험을 많이 하려고 해. 나는 운동도 잘하고 싶고, 그림도 잘 그리고 싶고, 글씨도 엄마처럼 잘 쓰고 싶고, 피아노도 잘 치고 싶어. 꾸준히 하고 있긴 한데, 아직 진전이 없네ㅎ. 그치만 이 노력들이 쌓이고 쌓여서 언젠가 이 모든 걸 잘하는 다재다능한 피아노잡이가 될 수 있겠지? 날 응원해 줘!

꿈을 찾아 길 떠나는 '꺼리어로드 스콜라' - 1학년

중학교에 입학했을 때가 엊그저께 같은데 벌써 12월 초다. 시간이 참 빨리 가는 것 같다. 선배들과 학교 신문을 제작했던 추억, 연극 동아리에서 내가 쓴 시나리오로 연극을 했던 추억들이 아직도 생생하다. 2022년 12월 9일, 나는 또 다른 추억을 남기러 여행을 떠났다.

까만 하늘 아래 전봇대의 불빛만이 반짝거리던 새벽 6시 30분, 나를 포함한 1, 2, 3학년 31명의 학생을 태운 진로 버스가 꿈을 찾아 서울로 향했다. 우리나라 최고 대학인 서울대와 대학로에서 다양한 체험을 할 기회였다. 우리는 모두 진로 활동 우수자와 꿈 끼 발휘대회의 우수자였다. 서울대 견학을 위해서 내가 얼마나 열심히 꿈 끼 발휘대회 준비를 했던가. 아쉬운 점이 없지 않지만 보람 있었다. 이 대회로 내가 발표를 즐긴다는 사실을 깨달았으니까. 서울대학교 관악 캠퍼스는 걸으며 구경하기엔 매우 넓어서 버스를 타고 이동했다. 우리는 서울대 규장각 한국학 연구원에서 역사책에서 보던 많은 국보와 보물을 직접 눈으로 보았다. 나는 아름다운 우리나라 문화유산에 감격했다. 실제 크기의 대동여지도는 보는데 목이 아플 정도로 매우 컸고, 우리나라 산천의 산과 강, 지형이 세밀하게 그려져

있어 입을 다물지 못했다. 흥미로웠던 연구원 전시실을 뒤로하고 다른 건물로 이동했다. 서울대 홍보팀 '샤인'의 멘토링 수업이 진행되었다. 서울대에 대해 궁금했던 점과 공부법, 그리고 대학 생활에 대한 Q&A가 이뤄졌다. 서울대생들의 끝없는 노력을 엿볼 수 있는 시간이었다. 갑자기 공부에 대한 열정이 불타올랐다! 점심은 서울대 교내 식당 '두레미담'에서 먹었는데, 우리 학교 급식보다 별로였지만 나름 괜찮았다. 하지만 친구들은 모두 혹평을 아끼지 않았다. 친구들한테 듣기로 서울대학교 학생들은 급식을 먹지 않고 배달을 시키거나 대학교 밖의 식당에서 먹는다고 한다.

서울대 투어에서 가장 인상 깊었던 건축물은 뭐니 뭐니 해도 '샤'이다. 여태껏 보지 못한 특이한 건축물이었다. 서울대를 대표하고 상징하는 건축물이라는 점이 '샤'를 더욱더 특별하게 빛은 것 같다. '샤'를 이루는 초성 ㅅ, ㄱ, ㄷ이 서울대의 정식 명칭 '서울국립대학교'에서 딴 것이라 했다. '샤' 앞에서 단체 사진을 찍은 뒤, 대학로로 향했다.

'공정무역' 초콜릿

마로니에 공원에 도착해 팀별로 자유시간을 가졌다. 우리 팀은 공정무역카페를 방문했다. 공정무역 초콜릿을 먹어보고 싶었다. 공정무역 카페는 1층은 카페, 2층은 사무실, 지하는 전시실로 운영되고 있었다.

드디어 먹어보고 싶었던 초콜릿을 2개 샀다. 비쌌지만 공정무역 초콜

릿은 일반 초콜릿과는 다른, 그 의미가 특별한 초콜릿이라 큰맘 먹고 구매한 것이다. 난 가격이 비싸더라도 공정무역이 좀 더 활발하게 이뤄져 이곳과 같이 공정무역 제품을 파는 가게가 늘어나면 좋겠다고 생각했다. 지속가능성을 추구하는 공정무역은 친환경적인 농업 기법이나 자연 그대로의 재료, 재활용된 재료를 이용하는 등 환경에 대한 영향을 최소화하는 지속 가능한 생산 기법을 사용한다. 또 어린이들을 보호하며 가난한 노동자들에게 힘을 부여한다.

공정무역 제품을 선택함으로써 소비자들은 농부와 장인들에게 안전하고 건강한 작업 환경을 제공하고, 가난한 생산자들에게 경제적 기회를 제공할 수 있으므로 공정무역이 지금보다 더 활발해지면 좋겠다고 생각했다. 공정무역 카페를 나온 뒤 틴틴홀이라는 소극장에서 연극 '옥탑방 고양이'를 봤다. 연극배우들이 무대에서 연기만 하는 게 아니라 관객들에게 친근하게 말을 건다는 점이 매우 인상 깊었다. 소통으로서 관객들에게 재미를 선사하고 관객들의 참여도를 높였기 때문이다. 연극은 매우 만족이었다. 배우들의 숨결이 느껴지는 좁은 공간에서 우리는 실감 나는 연기에 매료되고 흥미로운 이야기에 흠뻑 빠져들었다.

연극 관람 후, 마로니에 공원에 모여 단체 사진을 찍은 후 아쉬운 마음을 누르고 대구로 돌아갔다. 나에게 '꺼리어로드 스콜라'는 내 진로를 위해 노력할 수 있는 원동력이 되었다. 아침에 일찍 일어난 보람이 있었다.

식물과 함께하는 녹색 직업
- 3학년

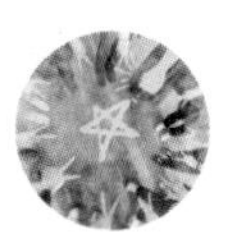

오늘은 진로실에서 식물과 함께하는 녹색 직업에는 어떤 것이 있는지를 배웠다. 진로 선생님이 말씀하셨던 나무 의사는 어떨까? 아픈 사람을 진료하는 의사처럼 아픈 나무를 살피고 치료하는 나무 의사 말이다. 이 나무 의사에 대해 오늘 처음 들은 것은 아니고, 초등학생 때 봤던 애니메이션 '소피 루비'에서 봤던 기억이 있다.

현대 인류가 짊어진 어마어마한 무게, 3백 68억 톤.

기후 위기는 현대 인류에게 있어 아주 중대한 문제이다. 평균 11~27도가 적당하나, 지구 평균기온이 계속 증가하고 있어 과학자들은 2070년에 약 30억 명의 사람들이 사막에서 생활할 거라고 예상한다. 주원인은 온실기체의 배출이 증가함으로 인한 지구온난화이다. 우리가 평소 타고 다니는 자동차나 겨울에 사용하는 보일러 등에서 이산화탄소가 발생하는데, 이로 인해 지구온난화가 가속화되고 있다.

그리고 경작지를 넓히기 위해 산림을 파괴하고, 산업혁명 이후 화석연료를 사용하면서 탄소 배출량이 증가하여 지구온난화를 부추기고 대기가 오염되는 문제가 있다. 2023년, 전 세계에서 화석연료로 인한 탄소 배출량은 3백 68억 톤에 이르렀다. 국제 공동연구팀이 2019년 전 세계 사망 원인을 분석한 결과, 5백 13만 명이 화석연료 사용에 따른 대기오염으로 숨졌다고 한다.

기후 위기에 따른 피해는 이뿐만이 아니다. 지구온난화로 인해 빙하가 녹아 해수면이 상승하여 투발루와 같은 섬나라는 바닷속으로 가라앉을지 모를 위험이 있으며, 우리가 잘 알고 있듯이 북극곰도 삶의 터전을 잃고 있다. 지구온난화로 땅에 균열이 생기며 산사태가 자주 발생하고, 다양한 동식물이 멸종위기에 빠졌다. 놀라운 것은, 자연재해가 빈번하게 발생하면서 땅속에 있던 시체들이 노출되어 과거 유행했던 질병들이 급속도로 퍼지며 사람들을 위협한다는 것이다. 대표적으로 말라리아와 뎅기열이 있다.

이 문제들을 해결하는데 식물이 아주 중요하다. 식물은 광합성을 통해 이산화탄소를 흡수하고 산소를 방출한다. 토양의 침식을 방지하고, 수질을 정화하며, 피톤치드를 발생시켜 인간이 휴식과 안정을 취하는 것을 돕고, 기후 조절에도 중요한 역할을 하는 우리에게 아주 소중한 존재이다. 그러므로 식물을 보호하고 계속 번식시키며 그 수를 늘리는 것만 해도 지구를 지킬 수 있다.

식물과 함께하는 녹색 직업에는 어떤 것이 있을까?

나무 간호사도 있고, 꽃을 상업적으로 판매하는 플로리스트도 있었다. 그 외의 직업은 대부분 생소했다. 도시지역에서 농업을 하는 사람이 많아지자 도시 농업을 가르치고 관련 기술을 보급하는 도시 농업 관리사, 농사를 기계로 하는 스마트팜 전문가도 생겼다. 또 사람들을 위해 프로그램을 짜는 치유 농업사, 원예가 주는 효용성으로 사람들을 평안하게 하는 원예복지사, 산림치유지도사, 숲해설가, 유아숲지도사, 농산물 유통 분석가, 요리사 농부, 유기농 농업전문가, 스마트팜 운영가 등 엄청나게 많았다. 직업명은 처음 듣지만 난 유아 숲 지도사를 본 적이 있는 것 같다. 어린이집을 다닐 적에 숲에서 어떤 분을 따라 등산도 하고, 체험도 했었는데, 그분이 유아 숲 지도사가 아니었을까?

여러 직업을 알고 보니, 유 퀴즈에서 봤던 조경가도 녹색 직업에 포함될 수 있겠다는 생각이 들었다. 정영선 조경가의 말대로 '조경'은 '지구를 보살피는 일'인 것 같기 때문이다.

지구를 위한, 우리의 미래를 위한, 나를 위한 다짐

카네이션을 심으면서 '아, 예쁘다. 이런 애들이 사라지지 않았으면 좋겠다'라고 생각했다. 크게는 지구와 인류를 위해서, 작게는 내 눈의 즐거움과 마음의 평안을 위해서라도 지구를 인류의 지나친 행동으로부터 지켜야 할 것이다.

얼마 전에 뉴스에서 야구장 관람객들이 먹고 생긴 쓰레기를 아무렇게나 버리는 문제를 보았고, 실제로 지난주 금요일에 그런 광경을 보았다. 같은 야구팬으로서 부끄러웠다. 나는 지금껏 그래왔듯이 분리수거 제대로 하고, 학교에서 '4월 잔반 남기지 않기' 캠페인을 하면서 성공 스티커를 전부 다 모았던 것처럼 음식물도 남기지 않게 먹을 만큼만 덜어 먹고, 하교할 때 걷거나 최대한 대중교통을 이용해야겠다고 굳게 다짐한다.

광고천재 이제석

- 3학년

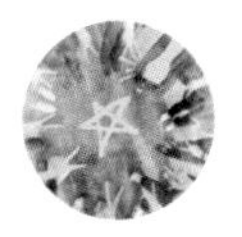

나는 공부를 못하고, 그림 그리는 것을 좋아한다. 1학년 때에는 선생님의 얼굴을 교과서에 그리며 수업 시간을 때우기도 했다. 그런 점이 이제석과 비슷했다. 하지만 미술을 좋아하는 나는 미술을 좋아하는 이제석과는 달리 인생의 목표가 없다.

나에겐 목표가 필요하다. 뚜렷한 인생의 목표가! 나도 이제석처럼 즐기면서 열심히 할 무언가가 필요하다. 하지만 내가 정말 좋아하고, 하고 싶은 것이 무엇인지 모른다는 게 문제다. 그러므로 내가 가야 할 방향이 어디인지조차 모르겠다. 이제 중학교 3학년이다. 고등학교 가기 전에 진로를 정하고 싶다. 그래서 올해도 진로동아리 활동을 하고 있는데, 부디 올해는 내가 진짜 원하는 것을 찾았으면 좋겠다.

"목표는 최대한 빨리 잡는 것이 좋겠다."

진로동아리 활동으로 이 『광고천재 이제석』을 읽고 '중학생, 목표가 꼭 있어야 할까?'를 논제로 토론했다.

나는 최대한 빨리 목표를 정하는 게 좋을 것 같다는 입장이다. 나로선

현재 목표가 없으니 공부하는 이유, 더 나아가 살아가는 이유를 알지 못하겠다. 이젠 책상 위에 문제집을 놔두고 이걸 왜 해야 하나 생각하며 쓸데없이 시간만 날린다. 나도 내가 이러고 있으면 안 된다는 걸 안다. 적어도 올해의 목표, 이번 달의 목표, 이번 주의 목표라도 정해야 할 텐데, 이게 왜 이렇게 어려울까?

목표가 없다는 건 좋지 않은 것 같다. 목표가 없으면 내가 향하고자 하는 방향을 잡지 못한다. 방향을 잡지 못하면 어떤 행동을 취해야 하는지 모르고, 결국은 변해야 한다는 걸 알면서도 바뀌지 않는 나처럼 애꿎은 공부 탓만 하게 되는 사태가 발생한다. 반대로 목표가 있으면 내가 앞으로 어떻게 살아야 할지 알게 되므로 차근차근히 미래를 위한 준비를 할 수 있다.

나는 어떤 사람으로, 미래에 어떤 일을 하며, 어떻게 살고 싶은가?

최고의 광고란

광고천재 이제석의 이야기를 듣기 전에 나는 사람들 눈에 확 들어올 수 있는, 특이하고 새로운 광고가 최고라고 생각했었다. 이전에 많이 노출된 유형의 광고는 시시하기도 하고 또 너무 평범하니, 광고 목적이 다른 광고에 비해 튀지 않아서 시청자들의 눈길을 끌기 어려울 테니까.

광고천재 이제석은 광고는 단순해야 한다고 말한다. 정직하고 단순한, 70세 할머니도 7살짜리 어린애도 이해하고 좋아할 만한 광고 말이다.

"창의력은 파괴에서 나온다."

"당신의 크리에이티비티는 어디서 나오는가?"

이 질문에 이제석은 '파괴'에서 나온다고 답했다. 새로운 것을 만들고 싶으면 기존의 것을 깡그리 부수어야 한다고. 관점을 바꾸라는 뜻이기도 하다.

동의한다. 요즘 들어 주변 길바닥에 널브러진 돌멩이나 나뭇잎, 잎 하나 없는 나무, 전등, 그림자와 같이 친구들은 별 관심을 두지 않는 것들을 소재로 사진을 찍고 편집하는 것에 푹 빠졌다. 1년 전에는 내 눈에도 그저 돌, 잎, 나무, 전등, 그림자로밖에 보이지 않았던 게. 혼자 하교하는 게 심심했던 나는 재밌는 걸 찾기로 했다. 다양한 경험을 하고 조언을 들은 것을 바탕으로 나는 관점을 바꿔 주변을 보기로 했다. 그림자를 그림자라고 생각하지 말고, '이건 뭘까? 뭐처럼 생겼을까나?', '이것도 하나의 작품이 될 수 있지는 않을까?'라는 생각으로.

관점을 바꾸자 정말 내 눈에 그림자는 선글라스로, 낫을 든 저승사자로, 백조로 보이기 시작했다! 사진을 찍어 보니 재미있는 작품이 만들어졌다. 요즘도 〈선글라스를 끼면 행복해요〉를 시작으로 〈라푼젤〉, 〈오렌지 사탕으로 만든 지팡이〉 등 나만의 작품들을 만들어가고 있다. 나는 나 스스로 관점을 바꾸면서 창의력이 좋아졌다고 생각하기 때문에 창의력은 파괴에서 나온다는 말에 절로 고개가 끄덕여졌다.

에필로그

★

책을 집필할 계획을 세울 때까지는 내 이름이 새겨진 책을 낼 수 있다는 생각에 마냥 들떴다. 그 내용이 내가 바라던 소설이 아니라 1학년 때부터 쭉 활동해 온 진로동아리에서 했던 활동 이야기지만 그래도 좋았다. 3학년 1학기 때까지는 그 때문에 글을 쓰고 수정하는 일이 피곤하긴 해도 열심히 했다.

여름방학이 지나고 점점 고입에 대한 걱정과 부담이 생기면서 글을 쓰는 활동이 귀찮고 힘들게 느껴졌다. 더더욱이 글쓰기가 지루하고 어렵게 느껴졌다. 내가 쓴 글은 책에 실을 만큼 잘 쓴 글이 아닌 것 같았다. 다른 친구들은 잘 쓰는데 나는 똑같은 말을 분량 채우려고 조금씩 바꿔서 반복하는 것 같고, 표현이 작가들처럼 새롭고 참신한 것 같지도 않아서 스스로 위축된 느낌이 들었다. 그래서 부끄럽지만, 몇 날 며칠 미루기도 했다. 하지만 마감 기한이 다가올수록 더 이상 미룰 수 없었고, 3학년이 시험 공부를 할 동안 2학년 후배들이 책 쓰기 활동을 열심히 해왔기에 선배로서 부끄럽고 미안했다.

오랜만에 컴퓨터를 열어 내가 쓴 글을 모아 수정하길 여러 번. 글이 부족하지만, 기획팀장과 선생님께 파일을 보냈다. 하고 나니 마음이 한결 가볍고 편안해졌다. 대체 몇 번이나 내 게으름을 깨닫고 반성하는지 모르겠다. 이제는 좀 정신 차려야 하겠다.

미룬다고 일에서 벗어난 게 아니다. 모른 척한다고 그 일이 해결된 것 또한 아니다. 일하기로 마음먹었으면 그 끝을 봐야 한다. 그

것이 내가 되길 바라는 책임감 있는 사람의 모습일 것이다.

아직 내 글이 책으로 발간된 것은 아니지만, 진로 선생님의 말씀대로 이 경험이 후에 내게 아주 좋은 이야깃거리와 아이디어가 될 수 있을 것이다. 실패든 성공이든 경험한 자와 경험하지 않은 자는 엄연히 다르다는 걸 다양한 진로동아리 활동을 통해 깨달았다.

중학생이 된 후 내가 '경험'과 '도전'을 중요하게 여기게 된 까닭이다.

물감잡이의 색깔 찾기

김서현

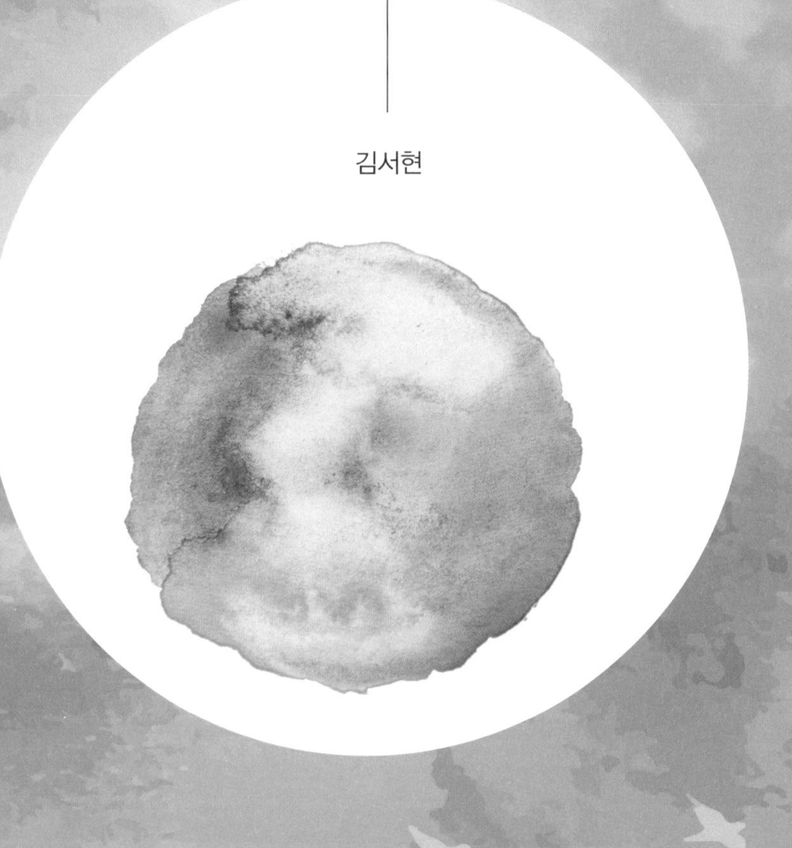

프롤로그

나의 색깔을 찾을 때까지

나는 웹툰을 즐겨 보면서, 나도 재미를 느낄 수 있는 웹툰을 그려보고 싶다는 꿈을 가지게 되었다. 장르에 상관없이 웹툰은 그림체가 예쁜 것보다는 사람들의 관심을 끌 수 있을 만한 재밌는 스토리를 만드는 것이 더 중요하다. 내 창의력을 기를 수 있는 방법에는 어떤 것이 있을까? 책을 읽는 것은 창의력을 기를 수 있는 효과적인 방법이다. 이것이 내가 물감잡이라는 이름을 지은 이유이고, 앞으로 동아리 활동을 하며 내 미래를 그려나가고 싶다!

나의 첫 시험 이야기

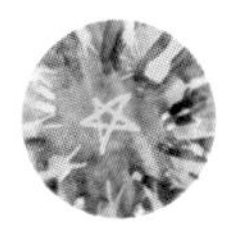

2학년이 되고 처음으로 치는 중간고사. 열심히, 꾸준하게 노력해서 좋은 점수를 받고 싶다는 생각이 나에게 깊이 자리 잡았다. 그래서 분명한 목표를 세우고 준비를 해보자고 마음먹었지만, 역시나 그게 쉬운 일은 아니었다.

중간고사가 한 달 남은 시점, 아직까지는 괜찮다. 평소와 같이 학원 숙제를 하고, 학교에서 수업을 열심히 들으려고 했다. 2주 전부터는 시험 과목별로 문제집을 사서 풀고, 어려운 부분은 강의를 보며 부족한 부분을 채워나갔다. 내가 공부를 하면서 가장 도움이 되었던 방법은 백지 공부법이었다. 내가 어느 부분을 모르는지, 제대로 알고 있는지를 알 수 있었다. 왜냐하면 교과서를 통해 이해한 내용을 아무것도 보지 않은 상태에서 적어 내려갔고. 그 덕분에 완전히 그 부분은 익힐 수 있었다. 하나 더 도움이 되었던 것은 교과 선생님이나 학원 선생님께 이해가 되지 않는 부분을 물어보는 것이었다. 나의 경우는 과학에서 자기장 부분이 어렵고 이해가 되지 않았다. 그러나 영어 학원에서 과학을 잘하시는 선생님께서 알려주신 게 큰 도움이 되었다.

내가 공부를 하며 가장 아쉬웠던 점은 시간을 제대로 분배하지 못했다는 점이다. 집에 와서 학원을 다녀왔으니 조금 쉰다는 마음으로 공부를 미뤘던 것이 많은 타격을 주었다. 미루면 미룰수록 공부는 더 하기 싫어진다! 그래서 다음 시험 기간에는 오늘 공부를 마쳐야 할 양을 정해 놓고, 그걸 끝내야 쉴 수 있도록 해보려고 한다. 어렵겠지만, 지금부터라도 해보려고 한다.

드디어 시험 전날이 되었다! 나는 1학년 때 밤을 새운 적이 있는데, 잠을 푹 자지 않아 머리가 아프고 졸려서 문제가 눈에 들어오지 않았던 경험이 있었다. 그래서 오늘만큼은 미루지 말자, 라는 의지로 개념 정리 책을 훑어보고, 서술형 문제도 풀어보고 잠자리에 들었다.

잠을 푹 자고 일어났더니 그날은 컨디션이 아주 좋았다. 만약 시험을 치는 전날 공부를 너무 미뤄서 어쩔 수 없이 밤을 새워야 하는 상황이 아니라면, 잠을 푹 자는 것을 추천한다. 그다음 날도, 잠을 연속으로 잘 자서 그런지 시험을 잘 볼 수 있었던 것 같다. 수학 점수가 조금 아쉬웠지만, 내가 약한 과목이 무엇인지 알았으니 다음 시험에 좀 더 대비하면 될 것이라고 생각한다. 기말고사는 중간고사를 쳤던 나의 경험들을 토대로, 조금 더 성장할 수 있는 기회가 되었으면 좋겠다.

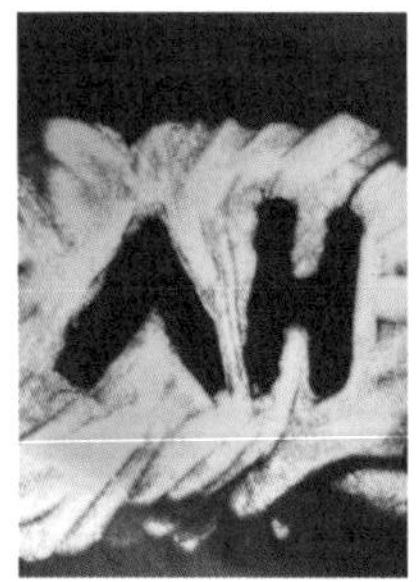

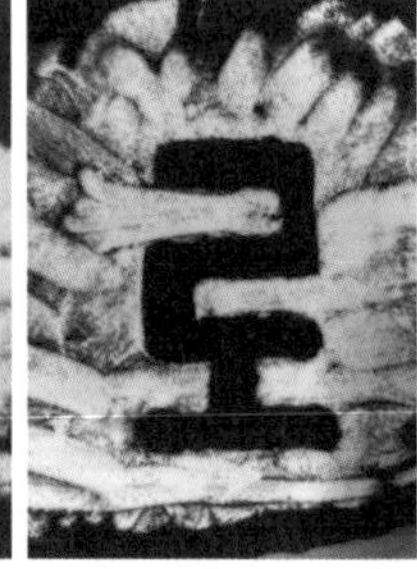

모래그림 창작활동 (신예빈 작)

나의 중학교 동아리 활동

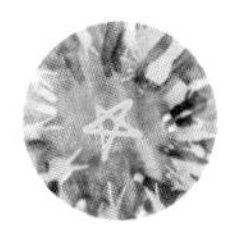

나는 예전부터 학교의 동아리 활동에 대한 기대가 있었다. 중학교에 들어와 기자단 활동을 하며 간간이 진로 활동에 참여하게 되었다. 그러다 보니 자연스럽게 진로동아리에 관심을 가지게 되었고, 동아리원으로 활동하게 되었다. 원래 책을 읽는 것을 좋아했어서 동아리에서 책을 읽고 토론하는 활동도 즐겁게 느껴졌다. 글도 쓰며 다양한 활동을 이어가던 와중, 부스를 열어 학생들이 참여할 수 있게 하는 대회인 창의체험동아리 축제에 나가게 되었다. 우리 동아리는 어떤 것을 주제로 정해야 할까? 정해진 우리의 주제는 사회적 경제가 되었다. 사회적 경제는 모든 공동체의 행복을 우선으로 여기며 이익을 얻는 이로운 기업을 뜻한다. 팔찌 만들기, 스칸디아모스 화분 만들기, 엽서와 책갈피 만들기를 진행하기로 했다. 또한 그러한 활동들을 통해 사회적으로 도움을 줄 수 있다는 사회적 경제의 의미를 알려주기로 했다. 나는 각각의 활동들로 어떻게 사회적 기여를 할 수 있을까? 라는 의문을 가졌지만, 선배들이 그런 내용들을 잘 찾아주었다. 예를 들어 스칸디아모스는 만들어서 주변 사람들에게 선물하거나, 습도 조절이 필요한 환자들이 사용할 수 있도록 어린이

병동이나 일반병원에 기부하는 방법이 있다고 한다. 행사는 학생문화센터에서 진행되었고 우리의 활동들을 체험하러 온 학생들에게 설명하고 사회적 경제가 무엇인지도 말해야 한다는 것이 떨리고 긴장되었다. 드디어, 체험 당일이 되었다. 학교 수업을 몇 시간을 빠지고 행사장에 도착하여 부스를 꾸미고 준비하면서 점심시간을 기다렸다. 저번에 한 번 설명을 해봤어도 우리 학교 학생들에게 말하는 것은 어려울 것 같았다. 다행히도 우리 부스에 사람들이 많이 오게 되었고, 우리는 체험을 열심히 진행할 수 있었다. 내가 처음 진행하는 활동이라서 그런지 긴장도 많이 하고 내가 실수하면 어쩌나 하고 걱정을 많이 했는데, 선배들이 많은 도움을 주고 알려줘서 큰 도움이 되었다. 그리고 이번 체험을 진행하면서 얻은 것도 많았다. 사회적 경제라는 단어에 대해 들어보기만 하고 전혀 알지 못했었다. 그러나 이번 기회를 통해 설명해 주며 나도 많은 지식을 얻고, 그에 대해 많은 생각도 해볼 수 있었다. 또한 많은 사람들에게 우리 동아리의 주제를 설명해 주면서 설명하는 능력도 좀 기를 수 있었던 것 같다. 동아리에 들어오면서 하게 되는 이런 활동들이 각각 나를 성장시킬 수 있어서 좋다. 앞으로도 다양한 활동을 하면 좋겠고, 열심히 참여하고 싶다.

우리 반과의 추억

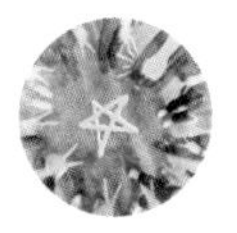

이번 체육대회는 반 아이들이 다 함께 단합해서 이뤄내야 하는 첫 번째 시간이다. 체육 시간에 우리 반은 체육대회 종목들과 퍼포먼스를 연습하고, 시간이 날 때마다 모여서 연습하고 고칠 것을 찾아보았다. 주말에 모여서 체육대회에서 응원할 피켓도 만들고 심사위원의 점수를 더 잘 받을 수 있는 방법을 찾기 위해 다 같이 고민도 해보았다. 서로 갈등이 생길 뻔한 적도 있었지만, 같이 준비를 하면서 그전보다 더 친해진 친구들도 많았다. 그리고 마침내 오늘이, 체육대회를 하는 날이다. 날씨는 화창했고 우리는 아침 일찍 학교에 모여서 체육대회 준비를 하며 들떠 있었다. 못하면 어떡하지? 실수해도 괜찮을까?? 그러나 그러한 걱정들 속에서도 우리는 설렘을 느꼈다. 드디어 체육대회가 시작되었고, 우리는 열심히 반 아이들을 응원했다. 생각했던 것처럼 우리 반이 뒤로 처져도 전혀 실망스럽지 않았고, 오히려 더 응원을 열심히 하면서 다 함께 한마음이 되었다. 그래서 그런 것일까? 우리는 체육대회 대부분의 분야에서 1등이라는 기록을 세우게 되었다.

그리고 전혀 생각하지 못하고 있었던 퍼포먼스 부문에서도 상을 받게 되어서 총 두 개의 상이라는 결과를 내게 되었다.

체육대회를 하면서 많이 고민하고, 아이들과 의견 충돌도 있었다. 체육대회를 준비하며 원래 별로 친하지 않아서 서먹했던 아이들과도 친해질 수 있었다. 그 과정에서 아이들과 더 친해지고 단합도 한 것이 좋은 결과까지 만들어 낸 것이었다.

드디어 체육대회가 끝났다. 우리의 오랜 노력이 오늘 드디어 빛을 발한 것만 같아서 뿌듯했다. 친구들과는 체육대회가 끝나고 맛있는 음식을 먹으러 가서 여러 얘기도 나누었고, 결과에 기뻤다는 말도 나누었다.

작년에 체육대회를 진행했을 때는 반 아이들이 너무 많이 싸우고 의견도 통합되지 않았기에 체육대회가 별로 기대되지 않았다. 그리고 올해도 별 의미가 없을 것이라 생각했는데, 전혀 그렇지 않았다. 체육대회를 통해 우리 반에 대해 더 잘 알게 되었고, 단합이 무엇인지 또한 얼마나 중요한지가 잘 느껴졌다.

탕~~!! 달려라
우당탕탕~~!!
좌충우돌~~!!
신나게 춤추고 즐기는 날~~!!
체육대회

환경과 재미, 둘 다 잡다

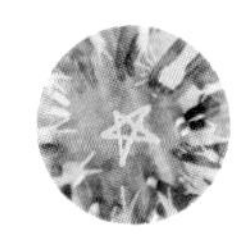

3월 넷째주 토요일에 올해 첫 동아리 체험 활동으로 '더커먼'이라는 가게에 방문하기로 하였다. 제로웨이스트샵과 비건 레스토랑인 이 가게를 방문한다는 얘기를 들었을 때 가장 먼저 궁금함이 생겼었다. 제로웨이스트와 비건이라는 단어를 실생활에서 접해 보지 못한 것은 아니었지만, 실제로 관련 가게나 레스토랑을 간 경험은 없었기 때문이다. 가게를 방문해서 안을 둘러보니 벽에는 기후 변화, 환경 문제 관련 글들이 붙여져 있었고, 여러 가지 사회 문제로 논해지고 있는 주제들의 서명 용지도 있었다. 또 다른 쪽에서는 다 사용하였지만 재활용할 수 있는 유리병, 종이상자, 병뚜껑 등을 재활용하고 있었다.

제로웨이스트샵에서는, 구매한 물건을 직접 가져온 포장 용기에 담거나 사람들이 기부한 유리병을 사서 재료를 구매하는 시스템이었다. '필요한 만큼만 구매해 쓰레기와 낭비 없는 문화를 만든다'는 말이 인상 깊었다. 묶음으로 파는 걸 사지 않고 필요한 만큼 각자 사면 되니 부담감 없이 사면서 자원을 낭비하지 않을 수 있어서 좋은 것 같다는 생각이 들었다. 허브, 향신료, 조미료, 견과류와 같은 다양한 식재료는 물론 샤워 용품과 세제 등도 구입할 수 있었다. 나도 간단한 비건 프레첼과 과자를 필요한 만큼 담아서 무게를 재서 구매했다. 식재료 외에도 플라스틱을 사용하지 않은 빨대와 칫솔 등 다양한 상품을 판매하여 가게를 구경하는 재미가 있었고 많은 친환경적 물건들을 구경해 볼 수 있었다. 샵을 구경한 후에 비건 레스토랑을 이용했다. 가장 먼저 눈에 들어온 건 메뉴판이었는데, 이미 사용하던 책 페이지에 메뉴가 그려진 종이를 붙여 재활용한 모습이었다. 그럼에도 불구하고 전혀 불편함 없이 사용할 수 있었고 오히려 개성이 있고 창의적이라는 생각이 들었다. 매콤 둥지 크림 파스타와 채소가 들어간 커리, 비건 양념치킨을 친구들과 같이 주문하여 먹었다. 앞선 두 메뉴도 둘 다 비건 음식이었지만 전혀 그렇게 느끼지 못할 정도로 평소 우리가 먹는 음식들과 별 차이가 느껴지지 않았다. 채소가 많이 들어가 건강한 맛이었지만 그와 동시에 맛도 있어서 좋았다. 양념치킨을 시킬 때는 치킨은 고기니까 비건 음식이 아니지 않나? 라는 생각이 들었다. 음식을 먹으면서 치킨이 아니라는 것은 알게 되었지만, 치킨과 거의 비슷한 맛이 났다. 나중에 집에 와서 양념치킨에 쓰인 고기가 무엇인지 검색해 보니 위미트 치킨이라는 대체육이라고 했다.

버섯으로 만든 식물성 대체육이라고 하는데 식물로 만들었을지는 상상도 못 했는데 깜짝 놀랐다. 그리고 식물성 고기는 이때까지 먹으면 일반고기와는 차이점이 느껴질 거라 생각했는데 아니었다는 것도 알게 되었다. 이런 음식이라면 채식주의자 분들도 드실 수 있는 요리의 종류가 많아지므로 많은 도움이 될 수 있을 것 같았다.

이러한 종류의 가게를 오늘 처음 방문해 봤는데 여러 의미로 나에게 도움이 될 수 있는 시간이었다. 나도 평소에 비건이라고 하면 채소만 떠올렸었는데 비건 음식들을 먹어보니 '우리가 평소에 먹는 음식과 별다른 것이 없구나' 생각을 할 수 있었다. 또한 제로웨이스트샵에서 친환경 제품을 구매할 수 있고 여러 재활용품을 수거하는 활동들이 정말 유의미하다는 생각도 들었다. 사람들이 오고 가며 편하게 재활용을 하고 소소하게 일상 속에서도 지구를 위한 활동을 할 수 있으니 좋다. 나중에 나도 기회가 된다면 재활용품을 들고 다시 '더커먼'을 방문해 보고 싶다.

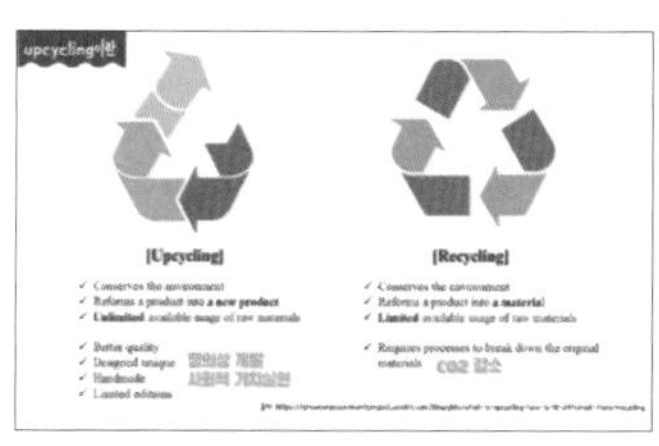

이런 창업이 가능하다고?
신기한 것이 많은 '더 커먼' 방문

나의 관심 분야를 체험할 수 있는 체험처 방문 계획을 세워보자.

'한 아이를 키우기 위해 온 마을이 필요하다.' 진로와 관련한 경험을 계획하고 체험을 하기 위한 다양한 체험처가 준비되어 있음을 기억하자. 청소년을 위한 국가 기관의 체험처, 각 지자체의 잡월드, 지역 업체, 우리 동네 탐방, 무엇보다 가까운 이들과 이야기하며 새롭게 나의 진로를 확장할 수 있는 경험을 할 수 있으면 진로탐색을 시작하거나 확장하는데 도움이 된다.

어려운 책으로의 도전

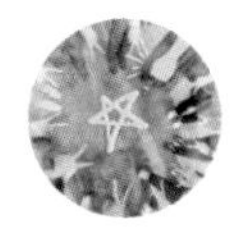

유발 하라리의 『사피엔스』는 내가 처음으로 접해 본 가장 두껍고 방대한 내용을 담고 있는 책이었기에 '내가 이 책을 다 읽을 수 있을까?', '다 읽는다고 해도 내용을 잘 이해할 수 있을까?' 물음을 가지고 책을 읽기 시작했다.

사피엔스는 인지혁명, 농업혁명, 과학혁명이라는 3가지의 혁명과 인류의 통합을 주제로 이야기를 전개하는 책이다. 3가지의 혁명을 통해 현재 인류가 창조되고 발전되었다는 것이 흥미로웠고, 마지막 인류의 통합에서는 이러한 혁명으로 인해 우리는 과연 행복한가? 라는 생각을 해볼 수 있었다.

인류의 세 가지 혁명 중 가장 먼저 일어난 것은 '인지 혁명'이다. 7만 년 전에는 지금의 호모 사피엔스 말고도 네안데르탈인 등 다른 조상들이 있었다. 그러나 우리는 언어와 허구를 믿는 능력 덕분에 다른 종을 제치고 지구의 주인이 될 수 있었다. 정교한 인간의 언어가 사회적 협력을 낳았고, 실제로 존재하지 않는 신과 돈을 믿음으로써 더 강한 집단을 형성했다. 이 부분을 보며 가장 흥미로웠던 부분은 호모 사피엔스가 힘과 같은 부분에서 훨씬 뛰어났던 네안데르탈인을 멸종시킬 수 있었던 게 언어와 허구를 믿는 능력이었다는 것이다. 집단협력과 뛰어난 의사소통 능력이 불러온 결과가 저렇게나 크다는 게 놀라웠다.

두 번째로 1만 년 전에 일어난 '농업혁명'은 인류가 농업이라는 것을 알게 되며 생기게 된 변화를 다룬다. 농업혁명에서 가장 인상 깊었던 부분은 우리가 '쌀과 밀을 길들인 것이 아니라 쌀과 밀이 우리를 길들였다'라는 문구였다. 농업혁명은 인류에게 덫이었다. 농업혁명으로 인해 더 편리한 결과를 낳게 되었다고 이제껏 생각했던 나에게는 그 사실이 엄청 놀라웠다. 원래 자연과의 공생을 목적으로 했던 수렵 채집인들과 달리 농업인들은 점점 탐욕을 향해 가게 된다. 그리고 농업혁명으로 인해 급격히 늘어난 인구는 대규모 사회생활을 하게 되었고, 그 집단을 유지하기 위해 종교와 같은 상상의 질서가 생겨나게 되었다고 이야기한다. 농업혁명으로 인해 인류는 이제 다시는 수렵 채집인으로 돌아갈 수 없게 되었다. 그러나 이로 인해 글자, 종교, 돈과 같은 새로운 개념들이 생겨났으니 농업혁명 이 인류의 덫이라고만은 생각하지 않게 되었다. 마지막 과학혁명은 500년 전에 일어났으며, 다른 혁명들과 다르게 다음 세 가지가 획기적이었다. 첫째, 무지를 기꺼이 인정하고, 둘째, 과학과 수학이 중심적인 위치를 차지하며, 세 번째로, 이론의 사용으로 새로운 힘과 기술을 개발하게 된다. 이로 인해 근대 전과는 다르게 현대 경제는 느린 성장에서 빠른 성장으로 변화하게 되었고, 돈, 제국주의, 자본주의와의 결합으로 생산성을 높이게 되었다. 과학혁명의 원칙 중 첫 번째, 무지를 기꺼이 인지한다는 것에 깊은 인상을 받았다. 이때까지 알고 있었던 개념들이 아예 달라질 수 있다는 것을 인정한다는 것. 이를 통해서 인간들이 가난, 질병, 죽음 등 당연하게 여겼던 것들을 과학 기술로 해결할 수 있다는 생각을 통해서 인류가 더 발전할 수 있는 계기가 되었던 것 같다.

인류의 세 가지 혁명으로 인해 우리는 인지혁명 이전보다 훨씬 더 발전한 삶을 살고 있다는 것은 사실이다. 그러나 책의 마지막 부분에서 말한 것처럼 이 세 가지 혁명은 개개인의 행복에 대한 관점에서 바라보았을 때 우리 인류는 진정 진화하였는가? 라는 의문을 가지게 되며 많은 생각을 하게 되었다.

책을 읽으면서 워낙 내용이 방대하고 처음 읽는 사실들이 많아 인류의 발전과정과 배경을 알아가는 것이 재미있으면서도 내용이 잘 정리가 안 될 때가 있었다. 하지만 토론을 하며 다른 사람들의 의견을 들어보면 책의 내용을 새로운 관점으로 다시 바라볼 수 있었다. 그러한 과정에서 책의 내용을 한 번 더 정리하고 더 깊이 이해할 수 있게 되어 많은 도움이 되었다. 또한 책을 읽으면서도 내가 평소에 어렵게 생각했었던 '인류의 진화 과정'에 대한 내용을 알게 되었고 또한 다시 바라볼 수 있었다. 특히 종교와 돈 같은 허구적인 개념이 인류의 협력을 불러왔다는 내용과 과학혁명의 3가지 원칙과 같은 내용은 내가 인류의 진화 과정을 새로운 관점에서 바라볼 수 있도록 해주었다.

기자가 되다!

드디어 오늘은 나의 기자단 활동 첫날이다. 저번에 기자단 활동 사전 설명회에 갔을 때는, 작년에 활동을 한 번 했음에도 불구하고 내가 이번에 잘할 수 있을지 불안한 감정이 들었다. 그러나 한편으로는 내가 기자라니, 설레는 마음이 들었다. 우리가 그때 체험하고자 의논하고 뽑은 장소는 두 가지, 'TBC 방송국'과 '대구광역시의회'였다. 오늘은 방송국으로 취재를 가는 날이다. 방송국으로 가는 차에서는 무슨 질문들을 할지 친구들과 공유도 하며 이것저것 찾아보았다.

도착해서 본 방송국의 모습은 내가 생각했던 모습과 비슷했다. 규모가 큰 학교 방송실의 모습 같았는데, 여러 장비가 있어서 내가 건드릴까 조금 무서웠다. 그 방송실에서는 여러 직업을 가진 분들이 일하고 있었는데, 방송을 시간에 맞춰 내보내는 기술자분들과 편집자님이 있었다. 녹음 실에 가서는 라디오를 직접 진행하는 모습도 보았는데, 내가 듣거나 보던 방송들이 이렇게나 여러 사람의 노력이 모여 만들어지는 것을 보고 놀랍게 느껴졌다. 이때까지는 방송 진행자에게 집중했던 반면에, 이다음에 방송을 본다면 오늘의 경험을 다시 되살려서 새로운 관점으로 바라볼 수 있을 것 같았다. 방송국 내부 견학이 끝나고 가진 인터뷰 시간에는 우리 학교와 다른 학교의 학생들이 질문을 할 수 있었다. 그중 가장 기억에 남았던 질문은, TBC 방송국만이 가진 방송의 가치와 의미에 관한 질문이었다. 답해 주신 내용은 TBC가 지역 방송국으로, 처음 시작할 때도 그리고 지금도 지역민들의 목소리를 전해 주기 위해 노력한다는 말이 인상 깊었다. 그리고 그런 취지를 잊지 않고 앞으로도 지역민과의 교류를 이어나가겠다는 말씀을 해주실 때, 많은 의미가 담겨 있는 것 같아 깊은 생각을 하게 되었다. 아마 방송국에서 일하는 모든 사람들이 그런 생각을 가지고 있는 건 아니겠지만, 그러한 사람들이 있기에 방송이란 것이 더욱 좋은 내용을 담고, 사람들에게 뜻깊은 내용을 전해 줄 수 있는 것 같다. 여러 방면에서 내게 의미 있는 견학이었다. 취재를 마치고 나니 방송국에 대해 내가 기사를 쓰게 된다면 정말로 내가 느낀 방송국의 진심과 가치를 드러내고 싶다는 생각이 들었다.

방송국 체험, 꿈청진기
활동 기사 부분 수상

꿈청진기
제3호

대구시교육청과 매일신문사가 함께 한
'체험! 직업의 현장'

안동으로의 여행

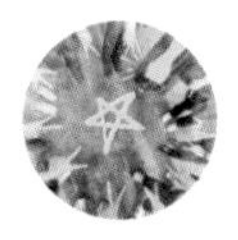

며칠 전부터 우리 동아리는 동아리에서 진행하는 『몽실 언니』라는 책을 읽고 떠나는 안동 문학 여행 준비로 인해 바빴다. 안동 여행에서는 『몽실 언니』라는 책을 쓴 권정생 작가님에 대해서도 알아볼 계획이었기에, 몽실 언니에 감정을 이입해서 너무 좋게 읽은 나로서는 큰 기대가 되었다. 그리고 3학년이 시험 기간인 관계로 이번 활동은 우리 2학년이 처음으로 팀장을 맡아 1학년들과 함께 떠나는 거였기에 나에게 부담도 되었다. 내가 과연 잘할 수 있을까? 라는 의문이 들기도 했었지만, 팀별 토론을 준비하고 진행하는 데에 열심히 했기에 후회는 들지 않았다.

그리고 토요일, 아침 일찍 버스에서 모여 우리는 드디어 안동으로 출발했다. 설레는 마음을 가지고 간식과 자료를 받고 선생님과 친구들의 이야기를 들으며 가니 버스에서의 두 시간이 빠르게 지나갔다. 드디어 버스 밖으로 안동의 모습이 보였다. 논이 황금빛으로 물들어서 창문 밖을 보는 것이 좋았다. 우리는 월영교라는 다리도 구경하고 걸으며 안동의 아름다운 모습을 구경하였다. 댐의 물이 녹색이어서 특이하고 사진도 예쁘게 잘 나왔다. 점심을 먹고 느긋하게 여유 있는 마음으로 풍경을 보며 산책

할 수 있는 것이 가장 좋았다. 안동 여행해서는 다양한 곳을 둘러보았지만 가장 인상 깊었던 장소는 '이육사 박물관'이었다. 이육사님의 따님이신 이옥비 여사님을 만나 직접 이야기도 듣고, 박물관을 둘러보니 더욱 우리나라의 역사가 실감이 나게 느껴졌다. 독립운동가분들 덕분에 우리가 현재 2024년 대한민국에 잘 살아 있다는 것을 다시 한번 깨달을 수 있었다.

그리고 이번 문학 여행의 주제가 된 책 『몽실 언니』를 쓰신 권정생 작가님의 동화마을과 생가도 방문했다. 나도 『몽실 언니』를 읽으면서, 몽실의 마음에 감정이입이 되어서 슬픈 마음이 들었는데, 작가님께서도 그 책을 쓰시며 많이 우셨다고 한다. 나는 몽실 언니처럼 우리나라의 아픈 역사를 책을 읽는 사람에게까지 그 슬픔을 전달해 준 『몽실 언니』 같은 책을 쓴 권정생 작가님이 정말 대단하다는 생각이 들었다.

이번 문학 여행은 짧았지만 많은 것을 경험하고 느낄 수 있었다. 시간이 짧아 아쉬웠지만, 다음에 다시 안동에 오게 된다면 좋았던 곳을 다시 방문해서 자세히 둘러보고 싶다. 진로 활동을 할 때면 새로운 경험을 할 수 있어서 좋은 것 같다. 그리고 이번 진로 문학 여행은 내가 팀장이 되어서 갔기 때문에 의미가 새로웠다. 다음번에 내가 또 팀장이 된다면 더욱 열심히 해볼 수 있을 것 같다.

2024. 꺼리어로드 스콜라

에필로그

나는 여러 종류의 책을 읽는 것도 좋아하고, 글을 간단하게 써서 내 생각을 정리하는 것도 좋아한다. 그럼에도 불구하고 나한테는 책을 직접 쓴다는 것이 어렵게 느껴졌고, 주변 사람들이 책을 쓴다고 하면 정말로 대단하게 느껴졌다. 그러나 이번에 내가 겪은 활동들을 엮어 책으로 낼 수 있는 기회가 생겼다. 물론 글을 쓰고 다듬는 과정은 힘들고 처음 해보는 것들 투성이라 어려웠지만, 다 끝내고 나니 보람이 느껴졌다. 글을 수정하고 다른 사람들의 글과 비교하며 써 내려 가다 보니 글쓰기 능력도 나름 향상될 수 있었던 것 같다. 내가 동아리 활동을 하며 그 내용을 정리해 보니 내가 한 활동들을 생생하게 다시 느낄 수도 있었다.

여러 방면에서 도움이 되는 도전이었다. 이 글을 쓰면서도 내가 조금 더 잘 할 수 있었을 것 같다는 아쉬움이 들지만, 다음에 글을 쓴다면 더 잘할 수 있을 거라는 자신감이 든다. 학교에서 다양한 경험을 해보는 것이 마냥 쉽지는 않지만, 그 경험들이 모여 내 성장의 한 부분이 된다는 것은 분명한 것 같다. 그러니 앞으로도 동아리 활동을 열심히 하고, 내 진로를 찾기 위해서 노력할 것이다!!

글잡이의 마침표

표서진

프롤로그

★

마침표를 찍으면
새로운 시작!

나는 글을 읽고 쓰는 게 중요한 역할을 한다고 생각한다. 읽고 쓰는 게 능숙하면 대부분의 것을 잘 해낼 수 있을 것 같다. 문장을 잘 만들고, 이해하는 것도 마찬가지이다. 그래서 나는 내가 원하는 삶을 살기 위해 글을 정복하는 사람이 되고 싶다는 의미에서 '글잡이'라는 필명을 지었다. 또 앞으로는 글 쓸 일이 더 많아질 테니까. 언제 한 번, 난 글을 쓸 때 마침표를 찍은 후 새로운 문장을 시작한다는 걸 갑자기 생뚱맞게 고민해 보았다. 마침표는 문장을 끝낸다는 의미지만 새롭게 문장을 쓴다는 것에 초점을 맞추어 생각해 보았다. 마침표는 어떤 내용이든 새롭게 시작할 수 있는 부호이고, 그게 가능성처럼 느껴져 중요하다고 생각한다. 그래서 나도 마침표처럼 항상 가능성이 있고 중여한 사람이 되길 바라는 의미에서 나는 '글잡이의 마침표'이다.

꿈, 그게 뭔데

나는 장래 희망에 대해 깊이 생각해 본 적이 없었다. 여러 곳에 흥미는 있었지만, 진로와 연결 짓기엔 한계가 있었다. 그러다 초등학교 고학년 때, 유행처럼 읽히던 『해리 포터』에 흥미가 생겼다. 책 읽는 걸 좋아하지 않았던 나였지만, 재미있다는 평이 많아 호기심에 읽어보았다. 그러다 소설의 매력에 푹 빠져서 모든 시리즈를 도서관에서 빌려 읽었다. 그 계기로 다양한 소설을 접하게 되었고, 나도 책을 통해 느낀 기쁨을 다른 사람들에게 전하고 싶다는 생각에 작가라는 꿈을 갖게 되었다. 그때부터 표현하고 싶은 아이디어가 떠오르면 바로 마련한 공책에 옮겨 적었고, 그 공책에 이름도 붙이며 즐겁게 글을 써 나갔다. 그 시절을 떠올리면 지금도 웃음이 난다.

중학교에 입학하면서, 친구의 권유로 학교 신문 제작 활동에 참여하게 되었고, 흥미로워 보여 지원한 도서 도우미에도 합격했다. 이 두 활동 모두 책에 관한 관심에서 시작된 결정이었다. 하지만 시간이 지날수록 작가라는 꿈에 현실적인 고민이 쌓였다. “작가로 성공하더라도 어느 정도의 돈을 벌 수 있을까?”, “이 일을 평생 직업으로 삼아 안정적인 수입을 얻을 수 있을까?"라는 질문이 떠올랐고, 그 이유를 알고 싶어 학교에서 했던 직업 가치관 검사를 다시 해보았다. 검사 결과, 내가 중요하게 생각하는 직업 가치관이 보수, 안정성, 그리고 일과 삶의 균형이라는 것을 알게 되었다. 이 기회를 통해 현실적인 고민의 이유를 깨닫고, 나에게 맞는 진로를 새롭게 고민한 끝에 겨우 신문 기자라는 직업에 관심을 두게 되었다.

신문 기자라는 직업은 주변 어른 중에도 종사하는 분이 많아 친숙하게 느껴졌다. 내가 잘할 수 있는 일을 하면서 안정적인 수입을 얻을 수 있을 것 같았다. 그렇게 신문 기자에 대한 정보를 찾아보며 구체적인 꿈으로 좁혀갔지만, 어느 순간 다시 마음이 혼란스러워졌다. 한 가지 직업에 나의 모든 미래를 걸기엔 아직 확신이 서지 않았고, 마음 한편이 계속 답답했다. 결국 나는 신문 기자라는 꿈을 내려놓았다. 원래는 단순히 '대학만 잘 가자, 공기업에 취직을 하자'라는 생각만 가지고 있었지만 진로를 구체적으로 계획하고 고등학교에 진학하는 게 확실히 더 도움된다는 것을 알게 되었다. 그래서 원하는 학과부터 시작해 대학교를 탐색 중이다.

점점 내가 성장하면서 내 생각이 변천되는 게 신기할 따름이다. 큰다는 게 너무 무섭게 느껴지는데, 그만큼 나에 대한 책임의 무게가 막중해진다고 느낀다. 그러니까 앞으로 더욱 열심히 살아야겠다!

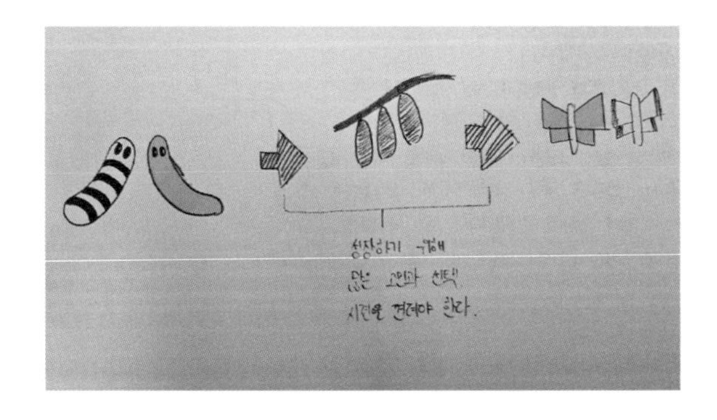

980일

3년 전, 2022년 1월 28일. 새론중학교로 예비 소집을 갔던 날이 아직도 기억난다. 초등학교라는 익숙한 환경을 떠나, 중학교라는 새로운 세계에 첫발을 내딛는 순간이었다. 떨림과 기대가 섞여 있던 그날은 나에게 참 특별했다. 중학교 앞에 서자, 웅장함과 신기함이 느껴지면서 설렘으로 가슴이 두근거렸다. 정해진 임시 학반으로 가서 익숙한 얼굴과 처음 보는 얼굴들을 마주하며 선생님 설명을 듣고, 1학년 교과서를 받던 순간에는 정말 중학생이 된 것 같은 기분이 들었다. 지금 생각해 보면 참 평범한 길이었지만, 그때의 나에게는 결코 그렇지 않은 소중한 순간이었다.

그리고 3월 2일, 드디어 중학교에 입학했다. 당시 코로나-19로 입학식은 영상으로 진행됐지만, 그날만큼은 여전히 기억에 남는다. 중학교와 초등학교의 가장 큰 차이는 수업 방식이었다. 초등학교에서는 체육을 제외한 대부분 과목을 담임 선생님께서 가르쳐 주셨지만, 중학교에서는 과목마다 다른 선생님께서 수업을 진행하셨다. 처음엔 조금 어색했지만, 예상했던 거라 그리 낯설진 않았다. 교실 분위기도 처음엔 조용했지만, 시간이 지나면서 차차 적응해 갔다.

1학년 때는 정말 많은 경험을 했다. 클래식 배틀 관람, 낙동강 수련회, 이월드, 합천영상테마파크 등 교외 활동도 많았고, 2학기에는 시험 없이 자유학기제로 다양한 경험을 쌓았다. 또 체육과는 별도로 '스포츠' 시간이 있었는데, 탁구, 피구, 축구, 댄스 중에서 나는 탁구를 했다. 친구의 권유로 신문 제작 활동에도 참여하게 됐고, 도서부에도 지원했다. 1학년에서 5명을 뽑는다고 해서 기대는 안 했지만, 내 이름이 합격자 명단에 올라가 있어 놀랐다.

1학년 때는 이렇게 다양한 경험 덕분에 친구도 많이 사귀고, 학교에 정을 붙여 갔다. 지금 3학년 입장에서 1학년들에게 해주고 싶은 말은, 학교생활을 마음껏 즐기면서 잘 적응하라는 거다.

2학년 때는 조금 더 바빴다. 본격적으로 내신 준비를 시작하면서 1년에 4번씩 시험을 치러야 했기 때문이다. 정신없이 지나가던 1년 동안 과거의 나는 결과에 만족했을까? 지금은 잘 모르겠지만, 앞으로 남은 2번의 시험도 열심히 해야겠다고 다짐한다. 2학년 때도 클래식 배틀 관람, 경주월드, 체육대회 등으로 즐거운 시간을 보냈고, 스포츠 수업도 1학년 때와 마찬가지로 탁구를 했다. 1학년 때보다는 재미가 덜했는데 그 이유는 역시 친구인 것 같다. 신기하게도, 나는 지금도 탁구를 하고 있는데 고등학교에 가서도 실력이 늘었으면, 아니 유지라도 되었으면 기쁘겠다.

인간관계나 학교생활이 서툴렀던 때를 돌아보면, 가끔은 '내가 왜 그랬을까?' 하며 되돌리고 싶은 순간이 정말 많다. 나만 그런 게 아니라, 대부분 사람이 그렇지 않을까 싶다. 하지만 과거는 되돌릴 수 없으니 아쉽지만, 지금을 잘 살아가는 게 중요하다고 생각한다. 부족했던 점도 많고 실수도 잦았지만, 앞으로 남은 몇 달을 의미 있게 마무리하고 싶다.

기후 시민 그거 안 어렵다

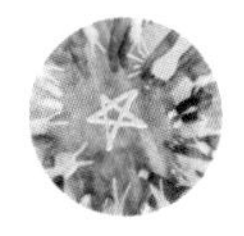

5월 14일 화요일, 학교에서 교육청이 주최하는 인문학 강연회를 들으러 갔다. 작년에도 참여했지만, 올해 3학년이 되어서 다시 가는 건 색다른 느낌이었다. 중학교 생활의 마지막이라 그런지 모든 경험이 특별하게 다가왔다. 마침 그날 학교에서 체험학습을 갔다가 바로 강연에 참석한 터라 피곤했지만, 그래도 기대되는 마음으로 강연을 들으러 갔다. 이번에 다룬 책은 '오늘부터 나는 기후 시민입니다'이었다. 제목만 봐도 기후와 관련된 내용일 거라는 건 예상할 수 있었지만, '기후 시민'이라는 개념은 생소해서 생각해 보게 되었다. 요즘 날씨도 예전 같지 않아서, 7월에나 되어서 느낄 여름 더위가 5월부터 시작된 것 같았다. 이렇게 느껴지는 상황이라면, 과연 지금 세계는 어떤 상황에 놓여 있는 걸까? 이런 모든 궁금증에 대한 답은 이 책과 인문학 강연회의 내용에서 알 수 있었다.

강연을 듣다 보니 평소에 듣던 이야기들도 있었고, 새롭게 알게 되어 놀란 부분도 많았다. 그중 특히 인상 깊었던 점은 기후란 날씨와는 다르다는 것이었다. 기후란, 특정 지역에서 일정 기간 동안 나타나는 평균적인 기상 상태를 말한다. 모든 지역마다 기후가 다르게 나타난다는 점이 중요한데, 현재 우리가 기후 위기에 처한 이유는 기후가 극단적이고 급격하게 변하고 있기 때문이라고 한다. 예를 들어 남극의 기온이 갑자기 상승하거나, 지구의 평균 온도가 가파르게 오르고 있는 것처럼 말이다. 많은 사람이 이 심각성을 깨닫지 못하고 있지만, 우리 지구는 점점 병들어 가고 있다. 지금까지 지구의 평균 온도는 약 1.45도 정도 상승했다고 한다. 이 외에도 많고 많은 문제가 있지만, 우리가 그나마 이해하기 쉬운 것들부터 받아들이는 게 중요하다는 생각이 들었다.

사실 나도 이 강연을 듣기 전부터 기후 시민으로서의 자세를 가지려 조금씩 행동하고 있었다. 얼마 전까지만 해도 집에서 일회용 종이컵이나 그릇을 남용 수준으로 자주 사용했지만, 부모님의 제안으로 우리 가족은 같이 일회용품을 사용하지 않기로 했고, 지금도 잘 지키고 있다. 또 마트나 가게에 갈 때는 장바구니를 챙겨 다니는 편이다. 처음엔 이런 실천이 별거 아닌 것 같았지만, 내 삶의 작은 습관들이 지구를 위한 행동으로 이어진다고 생각하니 뿌듯했다. 특히 부모님께서 먼저 모범을 보여주시니 나도 더 책임감을 가지고 실천해 나가고 싶어졌다.

지구를 위해 무엇을 해야 하는지는 누구나 알고 있을 수 있지만, 많은 사람이 이 문제의 심각성을 제대로 인식하지 못하고 있는 것 같다. 하지만 우리의 무관심이 얼마나 큰 결과를 불러올지 생각해 보면, 이제는 변화를 위한 행동을 미룰 수 없다는 생각이 든다.

어떻게 하면 더 많은 사람이 이 문제에 경각심을 가지고 변화하게 할 수 있을까? 나는 항상 고민한다. 그리고 여러분도 계속해서 이 문제에 대해 고민해 보길 바란다.

'동아리 전일제' 일기

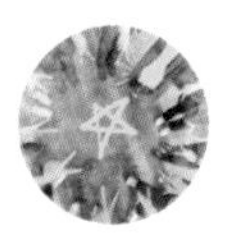

오늘은 동아리 전일제 날로, 우리 '책 쓰기 동아리'는 다양한 경험을 통해 영감을 얻으러 대구 동성로에 나가 여러 곳을 방문했다. 어떤 것들을 했을까?

먼저 '원더랜드' 영화를 감상하기 위해 일찍 일어나 9시까지 대구 현대백화점으로 향했다. 이 영화의 제목을 떠올리면 신비롭고 놀라운 내용이 연상되지 않는가? 나도 그랬다! 하지만 감상 후 알게 된 사실은 이 영화가 죽은 사람을 인공지능으로 되살려내는 기술을 중점적으로 다룬다는 것이었다. 영화를 보면서 이해가 되는 듯, 안 되는 듯 애매한 느낌이었지만 몰입감은 엄청났다. 나는 오래전부터 죽은 사람을 인공지능으로 살려내 그리움을 달랜다는 것 자체에 공감하지 못했다. 어쩌면 내가 주변 사람을 잃어본 슬픔을 잘 모르기 때문일지도 모르겠다는 생각이 들었다. 그래서 나는 '만약 나도 내게 정말 소중한 사람을 잃는다면, 공감할 수 있을까?'라는 질문을 스스로에게 던져보았다. 이 공감은 지금의 나로서는 어렵게 느껴진다. 영화의 발상과 내용 측면에서는 대체로 좋았다. 내게 많은 생각할 거리를 준 영화라 값진 경험이었다.

다음으로, 12시쯤 점심을 먹으러 식당에 도착했다. 각자 메뉴를 주문했는데, 아쉽게도 음식이 많이 늦게 나왔다. 그럼에도 불구하고 맛집이라는 생각이 끊이질 않았다. 그래서 다음으로 갈 교보문고에 예정보다 늦게 도착했고, 우리는 서둘러 움직여야 했다. 교보문고에 간 목적은 우리 동아리 주제인 '책 쓰기'에 맞춰 우리가 쓸 책의 제목, 목차 구성, 표지 등을 고민해 보기 위함이었다. 많이 가본 곳이었지만 목적을 가지고 가서 그런지 새삼 다르게 느껴졌다. 다양한 책을 살펴보면서 우리 동아리만의 책을 어떻게 구상할지 생각해 보았다. 다른 친구들의 의견과 내 생각을 모아가며 점차 생각의 폭을 좁혀갔다.

마지막으로 2시쯤 제빵 체험 장소에 도착했다. 어떤 것을 만들었을까? 바로 소시지 피자빵이었다. 평소 집에서도 제빵에 관심이 있어서 더 집중하게 되었다. 강사님의 설명에 따라 미리 준비되어 있는 밀가루 반죽을 넓게 펴서 긴 소시지를 말고, 판 위에 올려 가위로 슬라이드 형태로 잘랐다. 원래는 떨어지지 않도록 길게 잘라서 이어 만드는 건데, 동그랗게 만든 걸 보면 나의 자아가 평범을 거부한 게 아닌가 싶다. 이렇게 잘라 만든 빵 위에 각종 채소가 있는 소스를 얹고, 구워낸 뒤 케첩을 뿌린 뒤 다시 한번 구웠다. 예쁘게 완성된 다른 빵들과 비교하니 조금 아쉽긴 했지만, 나만의 개성 있는 빵에 만족했다. 노릇노릇하게 구워진 빵의 맛은 단연 최고였고, 사진으로도 기록에 남겼다.

오늘 이렇게 많은 경험을 통해 조금 더 성장한 내가 되었길 바란다. 우리 동아리에서 준비 중인 책의 구상도 잘 되었으면 좋겠고, 앞으로의 활동도 기대된다.

1년간의 신문 제작 활동기

중학교에 입학해서 적응해 가던 중, 친구가 갑자기 신문 제작 활동을 같이 해보자고 제안했다. 친구 말로는 진로 선생님께서 글 잘 쓰는 친구들을 데려오라고 하셨다는데, 나를 잘못 본 게 아닐지 하는 생각이 들었다. 그래도 호기심이 생겨 해보기로 했고, 그렇게 2, 3학년 선배님들, 친구들과 함께 2022년 신문 제작을 시작하게 되었다. 학기 말쯤, 교내외에서 인상 깊었던 활동들을 되짚어보며 기사 쓰기를 시작했고, 선배님들과 친구들의 도움으로 글을 점차 완성도 있게 다듬어 나가며 기사에 필요한 사진도 신중히 골랐다.

그렇게 8월 23일, 우리 1학년에겐 첫 번째인 신문이 학교에서 발행되었다. 우리는 조를 나누어 신문을 학교 전체에 배달했다. 나보다 높은 학년의 반에 들어간다는 것, 선배들 앞에서 소개한다는 것 자체가 마치 어디 대회를 나가는 것처럼 떨렸다. 복도에 버려지는 신문을 보며 화도 났지만, 우리의 노력이 만들어 낸 결과물을 보며 뿌듯하고 신기했다. 나도 마찬가지이지만 서툰 내 친구는 배달할 반에서 소개를 할 때 중학교 이름을 초등학교 이름으로 바꿔 말하는 참신한 말실수로 웃음을 선사했다. 이 경험으로 다 같이 기자의 역할에 한 발짝 더 가까워지게 된 계기가 생긴 것 같았다.

그리고 보니 지금 3학년인 나는 후배들이 후배들이라 그냥 귀엽게 보이는데 2년 전 선배들의 눈에는 내가 어떻게 보였을까? 2년 전에 난 내가 3학년이 되고, 중학교를 졸업한다는 사실을 외면했었지만 이렇게 눈 깜짝할 사이에 나는 3학년이 되어 있고 졸업을 앞두고 있다는 사실이 정말 믿기지 않는다. 믿을 수 없는 걸지도 모르겠다.

그리고 두 달 후인 10월 4일, 학교에서 좋은 기회가 찾아왔는데 무엇일까? 바로 진로실에서의 기자 초청 특강이었다. 그래서 우리는 방과 후에 매일신문사에서 오신 기자님과 기사 작성에 대해 깊이 있는 이야기를 듣는 면담의 시간을 가졌다. 마침 신문 제작 활동을 하고 있는 우리에게 정말 좋은 기회라 생각하고 집중해서 듣기로 마음먹었다. 기자님께선 기사를 쓸 때 유의해야 할 점을 알려주셨다. 예를 들어 기사 주제를 정할 때 고려해야 할 점, 취재 방법, 그리고 취재할 때 사진을 잘 찍는 방법에 관해 설명해 주셨다. 특히 기자님이 원하는 사진을 얻기 위해 4일간 1,000장 가량을 찍으셨다는 얘기를 듣고 정말 놀라웠다. 이 이야기를 들으니, 2학기 신문을 제작할 때는 사진을 더 주의 깊게 찍어야겠다고 다짐하게 되었다. 또 정확한 정보를 담아야 한다는 점을 듣고 우리의 활동들을 있는 그대로 꾸며냄 없이 기사에 담아야 한다는 걸 명심했다.

특히 가장 기억에 남았던 건, 독자가 쉽게 읽을 수 있도록 한 문장에 하나의 주제만 담고, 형용사나 부사와 같이 반복되는 동의어 없이 짧게 줄여 간결하게 써야 한다는 말씀이었다. 나도 반복되는 단어가 많으면 글이 지루하게 느껴지고 가독성이 떨어진다는 것을 경험으로 알고 있었기에 더 와닿는 설명이었다. 그리고 이 설명은 실제로 우리 동아리에게 큰 도움이 될 것이라 생각했다.

이 특강 이후, 나는 앞으로 계속 쓰게 될 신문 기사는 물론 다른 글을 쓸 때도 불필요한 단어나 문장을 줄이며 써야겠다고 마음먹었고 덕분에 2학기 신문 제작 중 글을 검토하는 과정에서 반복되는 단어나 문장은 없는지, 또 문장이 자연스럽게 읽히는지를 더 집중적으로 고려했다.

결과적으로 2학기 신문은 1학기 신문보다 더 높은 완성도로 발행된 것 같아 뿌듯함이 두 배였다. 이렇게 신문을 쓴다는 건 새론중학교에서의 2022년을 글과 사진으로 추억하고 간직한다는 의미가 깊었다. 앞으로도 나는 글을 쓸 때 이때의 특강을 기억하며 좋은 글을 쓸 수 있도록 노력하고 싶다.

신문 기사 작성을 위한 회의, 취재와 제작, 배부까지 진짜 기자 활동

'결코 가볍지 않은 이야기' 토론

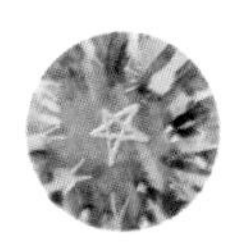

2022년, 우리는 『지금은 없는 이야기』라는 책으로 독서토론을 하기 위해 계성중에 도착했다. 준비 과정에서 자신감이 좀 부족하였지만 가서는 잘 해내겠다고 다짐했다. 이 책은 내가 생각하는 것이 정말 올바른지 고민하게 하는 교훈적인 책과는 다르게, 현실을 우화로 풀어낸 가볍지 않은 이야기이다. 현실을 풍자한 내용이라 해도 과언이 아니며, 20개의 짧은 우화들이 독자의 사고를 전환하고, 깊게 만들어 주는 책이다.

이 책을 가지고 우리 학교를 포함한 8개 학교가 계성중 독서토론에 참여했다. 각 중학교에서 대표 한두 명이 토론 논제 발표를 맡았고, 이 책의 20개의 이야기 속에서 다양한 논제들이 나왔다. 대명중, 계성중, 공산중, 용산중, 동천중, 사대부중, 경혜여중, 그리고 우리 새론중까지 총 8개 학교가 참여했다. 각 학교는 겹치지 않게 논제들을 발표했으며, 그 주제들은 '가위바위보는 공정한가?', '인간의 가치를 개개인이 평가해도 되는가?', '성과에 따른 차별은 정당한가?', '폭력을 가하는 다수와 그들의 시각에 편승한 자들의 죄질은 같은가?', '속이는 자의 잘못이 속은 자의 잘못보다 큰가?', '인간은 고통 받으면서 자유에 종속되고 싶어 할까?', '자신이 개구리라면 자신만만한 개구리처럼 행동할 것인가, 예민한 개구리처럼 행동할 것인가?'였다. 책을 한 번 읽고, 학교에서 연습 토론을 하며 다른 사람들의 의견을 들으니 책 내용이 더 깊이 이해되었다.

그 후 팀별로 정해진 장소로 가서 호스트가 진행하는 토론에 참여했다. 한 장소에서 여러 논제에 대해 나누어진 인원들이 토론하는 방식이었다. 처음 만나는 사람들과 의견을 나누려니 어색했지만, 어떻게든 잘해 나가자고 마음먹었다. 많이 서툴렀지만, 다행히도 잘 진행되어서 정말 기뻤다. 그때 호스트를 맡으신 분들을 정말 존경했다.

토론을 마친 후, 우리는 다시 모두 모여서 각자 토론에 대한 감상을 나누었다. 토론을 통해 얻는 효과는 정말 다양하고, 그 이유로 사람들이 토론을 중요시하는 이유를 조금 느낄 수 있었다. 서로 다른 의견을 듣고 나면, 내 생각이 바뀔 수도, 더 굳건해질 수도 있다. 하지만 나와 비슷한 의견을 듣는 것보다는, '차이'가 있는 의견을 받아들이는 것이 성장하는 데 더 도움이 된다고 생각한다. 왜냐하면 그냥 수용하는 것이 아니라, 그 의견을 더 자세히 들여다보게 되기 때문이다. 그래서 서로의 생각을 나누는 토론과 토의는 어디에서든 중요하다고 느꼈다. 나와 다른 의견을 가진 사람들을 만나고 그 사람들의 생각을 듣는 것이 나에게 얼마나 값진 경험이 될 수 있는지 깨달았다. 앞으로 이런 기회가 있다면 주저하지 않고 참여해 나를 더 발전시킬 수 있도록 할 것이고 나만의 생각을 표현하고, 다른 사람들의 시각을 더 많이 배우고 싶다.

우리는 노예다

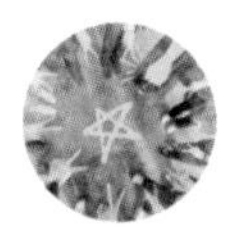

대다수의 사람들은 휴대폰을 좋아한다. 요즘은 휴대폰이 없으면 생활하기 어려울 정도로, 우리는 그만큼 이 기기에 익숙해져 있다. 그 이유 중 하나는 바로 편리함이다. 책이나 신문은 물리적으로 페이지를 넘기며 능동적으로 읽어야 하지만, 휴대폰은 한 번의 터치로 언제든지 필요한 정보를 얻을 수 있다. 그렇다 보니, 사람들이 책보다 전자기기를 더 선호하는 것을 이해할 수 있다. 나 역시 현대 사회에서 휴대폰 없이는 생활하기 힘들 정도로 이 기기에 의존하고 있다. 나는 지금보다 옛날, 휴대폰이 없었던 시절에 어떻게 살았을지 상상조차 할 수 없다. 그만큼 우리가 전자기기, 특히 휴대폰에 익숙해졌다는 점은 분명하다.

그렇다면 이 기기의 사용이 과연 항상 긍정적일까? 몇 달 전, 나는 지인의 소개로 『인스타 브레인』이라는 책을 읽기 시작했다. 이 책은 요즘 같은 시대에 왜 그렇게 사람들이 우울감에 빠지는지, 효율적으로 그리고 행복하게 삶을 가꾸는 방법을 알려준다. 특히 기억에 남는 것은, SNS를 자주 사용하는 사람들이 왜 더 외롭고 우울해지는지에 대한 내용이었다. SNS에서 계속 다른 사람들의 삶을 비교하면서, 자기도 모르게 자신을 평가하게 되고, 그로 인해 상대적 박탈감을 느낄 수도 있다는 것이다.

그렇지만 이 책은 그 문제를 단순히 SNS의 부정적인 측면으로 그치지 않는다. 오히려, SNS 사용에서 벗어나는 순간, 우리는 더 긍정적이고 자유로워진다는 점을 강조한다. 나는 SNS를 자주 사용하면서, 오히려 기분이 나아지기보다는 불안하고 외로운 느낌을 많이 받았다. 그렇지만 SNS에서 잠시 떠나보면, 오히려 내가 더 여유롭고 마음이 편안해진다는 경험을 하게 되었다. 이 책의 저자는 SNS 사용 자체가 문제가 아니라, 우리가 그것에 얼마나 의존하고, 그것을 통해 스스로를 비교하게 되는 점에서 문제가 발생한다고 말한다. 나 역시 점차 그런 점을 깨닫게 되었다. SNS는 영감을 줄 때도 있지만, 때로는 무의식적으로 우리의 자존감을 갉아먹고, 외로움과 우울함을 심화시키는 도구가 될 수 있다.

이 책을 통해, 나는 SNS와 전자기기 사용이 어떻게 우리의 마음과 생각에 영향을 미치는지 다시 한번 생각하게 되었다. 많은 사람이 현대 사회에서 전자기기 없이는 살 수 없다고 생각하지만, 이 책은 그 안에서 우리가 놓치고 있는 중요한 부분을 짚어준다. 사람들은 점점 더 많은 정보를 빠르게 소비하고, 짧은 시간 안에 많은 것을 보고 듣지만, 그것이 꼭 그들에게 긍정적인 영향을 미친다고 말할 수는 없다. 오히려 너무 많은 자극과 비교가 우리의 내면을 혼란스럽게 만들고, 때로는 그로 인해 정신적으로 지치고 불안해질 수 있다는 것이다.

결국 이 책은 단순히 SNS를 피하라는 것이 아니다. 오히려 우리가 어떻게 SNS를 활용할지, 그리고 그것이 우리 삶에 미치는 영향을 잘 관리하는 방법을 제시한다. 우리는 정보를 얻고, 사람들과 연결되는 도구로 SNS를 사용할 수 있지만, 지나친 의존은 오히려 우리의 삶을 복잡하게 만들고, 진정한 행복을 찾는 데 방해가 될 수 있다. 내가 이 책을 통해 얻은 가장 큰 교훈은, 우리가 너무 많은 정보를 좇는 대신, 더 많은 여유를 가지며 삶을 살아가야 한다는 것이다.

이 책은 디지털 환경에 의존하는 현대인들이 대부분인 우리나라에서 사람들에게 매우 시사성이 크다고 볼 수 있다. SNS와 전자기기를 과용하면서, 우리는 자주 비교하고, 외로움과 우울함을 더 느끼게 된다. 그러나 조금 더 스스로에게 집중하고, 다른 사람과 비교하는 대신 나만의 속도로 살아간다면, 진정한 행복을 찾을 수 있다는 것을 우리에게 말해 준다.

스마트폰 중독, 무서운 사실

아름다운 성장이야기, 훌훌

『훌훌』은 입양을 소재로 하여 등장인물 각자의 사정을 안고 많은 상황 속에서 서로 유대를 쌓아가고, 성장해 가는 이야기이다. 삶을 깊이 성찰하게 해주고 대부분의 책과는 달리 작가 자신이 직접 인터뷰한 경험을 바탕으로 집필한 소설이기에 등장인물들의 감정이 섬세하다고 볼 수 있다. 모든 사람의 인생에는 희로애락이 있다. 즐거움과 행복의 시기가 존재하는 반면에 역경과 어려움이 닥치는 시기가 있다는 뜻이다. 『훌훌』은 그런 모든 이야기를 풀어놓아 독자의 마음에 긴 여운을 남긴다. 작가는 『훌훌』이 입양 가정으로부터 지지를 얻는 소설이 되기를 소망한다고 말했다. 나 또한 『훌훌』을 읽고 나서 입양을 바라보는 사람들의 관점이 긍정적으로 바뀌길 바랐다. 작가의 현실적이고 생생한 표현, 곳곳에 숨어 있는 의미, 그리고 무엇보다 아름답다고 말할 수 있는 등장인물들의 성장과정이 이 책을 뛰어나고 작품성 있게 만들어 준 요인이다. 쉽사리 말로 표현할 수 없는 문장들, 조금은 어려울 수 있는 이야기를 직면해서 생생한 작품을 만들어냈다. 흥미도가 높고 몰입감이 높아 가독성이 뛰어난 책이라고 볼 수 있지만 전개가 조금 빠른 편이라 여운을 남겨주는 것 같다.

이야기는 주인공이 학교에서 갑작스러운 주인공의 엄마 서정희 씨의 사망 소식을 통보받는 것으로 시작한다. 주인공 유리는 서정희 씨의 입양딸이며, 연우라는 인물은 친아들이다. 유리는 자신에게 무관심한 할아버지, 그리고 충격 이후로 과묵하고 무뚝뚝한 성격의 사람으로 변한 연우와 같이 살고 있다. 그 때문에 연우를 혼자 돌보아 주어야 하는 상황이 유리에게 자주 닥치기도 하였다. 후로 어느 날 유리네 집에 경찰이 찾아오고, 경찰은 그날, 엄마 서정희 씨가 죽은 날에 대해 조사한다. 조사 중, 엄마 서정희 씨의 죽음이 연우에 의한 타살일 수 있다고 경찰이 말하였다. 유리는 학교 담임 선생님인 고향숙 선생님의 도움을 받고 여러 일을 겪으며 연우와의 관계, 할아버지와의 관계 등 다양한 면에서 성장한다. 그러다 연우와 그의 같은 반 친구 세희와의 갈등이 일어났고, 그것이 원인이 되어 연우와 유리는 집에서 말다툼을 한다. 그러다 연우의 행동에 신경질이 난 유리는 그만 연우에게 폭력을 가하게 되었고, 그걸 목격한 할아버지는 연우를 꾸짖는다. 그때 유리는 뛰어들어 말렸고 상황은 일단락되었지만 유리는 자신의 행동이 엄마 서정희 씨가 연우에게 가한 폭력과 같다고, 끔찍하고 창피해하며 반성한다. 후에 연우와 같이 세희네 집으로 사과하러 방문한다. 그런데 세희는 유리의 같은 반 친구인 세윤의 동생이었다. 그 집에 방문해 유리는 세윤도 자신과 같은 입양아라는 것을 알게 된다. 곧 유리도 세윤의 실수로 자신의 입양 사실에 관한 이야기를 여럿이 알고 있다는 걸 알게 된다. 그 일을 뒤로한 채, 연우의 재판일이 다가왔다. 사고인 것으로 판결되었고, 그때 엄마 서정희 씨가 죽었던 날의 진실은 밝혀졌다. 엄마 서정희 씨가 자신을 밀라고 하여, 그랬다고 진술한다. 그 후로 유리는 계속 세윤에게 자신이 어째서 유명한지를 묻고, 결국 세윤이 보내준 유리의 과거가 담긴 동영상 링크 속 인터뷰 내용을 통해, 유리 부모님의 사고가 났던 바람에 유리를 서정희 씨가 진심으로 제 친딸 같다고 여기며 잘 키우고 싶다고 입양하였다는 걸 알게 된다. 그렇게 시간이 지나고, 세윤과 유리가 편찮으셨던 유리 할아버지의 수술 날, 함께 결과를 기다리는 장면을 마지막으로 끝이 난다.

이 작가는 절대 입양이라는 것을 가볍게 생각하지 말자는 것, 우리 모두가 애쓰는 사람이라는 것을 전하고 싶다는 의도를 담아 『훌훌』을 쓴 것 같다. 나는 이 책을 읽기 전 입양에 관한 관점이 매우 부정적이었다. 입양은 왜 하는 것인지 이해할 수 없었고, 어떻게 보면 자식을 버린다고 할 수 있는 부모도 마찬가지였다. 그렇지만 『훌훌』을 읽고 입양에 대한 관점이 바뀌어 버렸다. 주인공과 같이 정말 어쩔 수 없는 상황이거나, 예상치 못한 경우가 있다는 걸 알았기 때문이다. 전처럼 마냥 '입양은 별로야'라고 생각하던 내가 '입양이 마냥 좋지 않은 건 아니구나'라고 생각하게 되었다. 또한 할아버지는 유리에게 무관심한 태도였으면서 자신이 아파 병원에 간다는 것을 여행을 간다며 거짓말을 했을까? 유리의 할아버지는 속내가 따뜻한 인물이고, 엄마 서정희 씨가 사망하여 연우를 보살피는 데에 힘써주는 유리가 대견하고 또 한편으로는 미안한 감정이 들어 그런 것이 아닐까 생각한다. 또한 이 책의 작가는 왜 결말에 의문을 남겼을까? 아마 독자의 상상력을 자극하거나, 결말을 그렇게 마무리하는 게 『훌훌』이라는 책에 더 어울린다고 생각해서이지 않을까 싶다. 그렇다면 작가는 책 제목을 왜 『훌훌』이라고 지었을까? 책을 펼치기 전, 책 제목과 표지의 그림을 보면 무언가를 훌훌 털어버리는 느낌으로 제목과 정말 어울린다고 느껴진다. 하지만 책을 읽은 후에 다시 제목과 표지를 보면 처음과는 확연히 다른 느낌으로 받아들여진다. 도입부에서, 주인공 유리는 이 생활을 버티고 대학만 가면 과거는 싹둑 끊어내고 떠나고 싶다는 다짐을 드러내었다. 그렇지만 책의 끝부분에선 그 다짐의 의미가 내 모든 과거와 맺어진 관계를 받아들이며 그 자체로 홀가분해졌다, 많은 어려운 순간을 견디고 거쳐서 어떤 결함도 없게 되었다는 의미가 담겨 있다는 느낌을 받았다. 이제 유리는 연우를 좋지 않은 과거의 기억에서 나올 수 있게 도와준, 연우에게 있어 고마운 존재가 되었다.

『훌훌』은 우리의 입양에 대한 관점을 다르게 바꿔주고 유리의 성장 이야기를 통해서 삶에 대해 다시 생각해 보게 하는 책이다. 사람들의 삶의 이유는 다 제각각이지만, 어쩌면 이 책을 읽고 방향을 다시 잡을 수도 있을 것이다. 삶에 대한 자각, 성찰이 필요하거나 삶의 의욕을 상실한 사람들에게 이 책을 추천한다. 입양에 대한 관점뿐만 아니라, 세상을 보는 관점도 바뀔 수 있을 것이라 믿는다.

훌훌

에필로그

결실의 순간

작년부터 구상해 온 책을 올해 말에 드디어 완성하게 되어서 놀랍고 뿌듯하다. 이번 과정을 통해 내가 16살이나 되었지만 책임감이 좀 부족한 사람이라는 걸 알게 되었다. 이것이 나에게 실망스러운 부분이었지만, 이 기회를 계기로 삼아 더 책임감 있는 사람이 되어야겠다고 다짐했다. 동아리 부원들과 거의 1년 동안 함께 글을 쓰고 고쳐 나가는 일이 쉽지는 않았지만, 좋아하는 일이었고 결과물이 궁금했기에 끝까지 해낼 수 있었다. 비록 글이 뒤죽박죽일지도 모르지만, 글의 진심이 잘 전해지기를 부디 바라본다.

마이크잡이의 목소리

박규리

프롤로그

내 목소리를 내기 위해

나의 필명은 마이크잡이이다. 내가 이렇게 짓게 된 계기는 내가 어렸을 때 돌잡이를 하면서 마이크를 집었기 때문이다. 나는 노래를 잘 부르지도 않고 목소리로 성대모사를 할 수도 없지만, 사람들 앞에 나서서 나만의 목소리를 내는 것은 잘한다. 언젠가는 유명한 팝 가수나 BTS처럼 국제회의에서 나의 의견과 소견을 말하고 싶다. 굳이 말로 하지 않아도 글로 쓰며 사람들과 소통하고 행동을 보이는 것이 나의 목표이다. 언젠가는 마이크를 손에 꽉 쥐고 나의 직업으로도 갖는 삶을 사는 것을 항상 꿈꾸고 있다. 다른 사람들도 그렇듯, 자신이 이렇게 인생을 뛰고 있다면 모두 인생에 궁극적인 목표가 있지 않을까? 내가 생각하는 꿈이란 정확한 직업이 아니라 나의 인생 가치관이다. 내 모든 것을 '이것'을 위해 쏟아부을 수 있는지도 중요하다. 그 목표를 세우고 그것을 위해 실천하는 것이 직업이라고 생각한다. 앞으로 마이크잡이라는 이름으로 내 생각과 의견을 말하며 독자들과 소통하고 즐겁게 글을 마치고 싶다.

나의 꿈 이야기

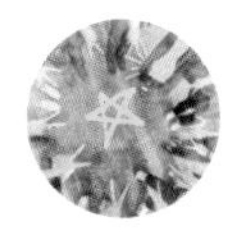

때는 2016년, 내가 매우 어렸을 때 일이다. 그 당시 아는 직업은 겨우 경찰, 소방관, 의사밖에 없던 시절 나에게 뇌리에 박힐 만한 말을 해준 사람이 있다. 바로 엄마였다. 사실 그때 나는 어렸지만, 눈도 똘망하고 코도 오똑하고 피부도 좋아서 사람들이 나를 볼 때마다 연예인 '유이'를 닮았다고 종종 말했다. 그래서 엄마는 내가 뷰티 쪽에 종사하면서 서비스직을 할 수 있는 승무원을 추천했다.

나는 그 직업에 대해서 아는 것이라고는 비행기를 탄다는 것밖에 몰랐다. 그리고 친구들은 승무원을 아예 몰랐는데 친구들에게 자랑하는 것을 좋아해서 내 꿈을 승무원으로 잡게 되었다. 그때는 내가 진정으로 그 직업을 내 삶으로 정한다고는 상상도 못 했다. 초등학생 때 점차 그 직업의 존재를 잃어가던 때에 다시 한번 더 승무원을 상기시키게 하는 일이 생겼다.

바로 내가 서비스직을 좋아하게 됐다. 다른 사람들은 서비스직을 별로 좋지 않다고 느끼겠지만 나에게는 엄마가 서비스직을 해서 그런지 좀 익숙해서 너무 좋았다.

지금은 승무원을 내 꿈의 가치관으로 두고 있고, 나중에 고등학교에 가게 되면 승무원학원에 다니기로 결정했다. 이런 나의 결정 스토리처럼 여러 직업을 살펴보고 탐색하는 것은 어떨까?

승무원 비행기

하늘을 나는 직업, 안전하고 편안한 여행을 돕는 승무원

날개를 펼칠 그 날까지

초등학교 때부터 계속해서 달려왔다.

어느새 세월은 훌쩍 지나 벌써 난 15살.

어릴 때는 중고등학생 언니 오빠들이 어른처럼 멋있는 사람이라고 생각했다. 지금 보니 중학생들도 몸만 컸지 아직 마음은 여린 것 같다.

난 아직도 생각한다.

'내가 어른이 되면 이루고 싶은 건 다 이루겠지?'

하지만 아직도 내 꿈은 멈춰 있다. 어떤 목적도 목표도 없는 달리기 중이다. 조금 무섭다.

'그때까지 내 미래를 찾지 못하면 어떡하지? 부모님께 효도도 못 해 드리고 백수로 살면 어쩌지? 나는 어떻게 살아야 하지?'

요즘 들어서 이런 생각이 많이 든다. 내가 성장하고 있다는 증거이지만 두렵다. 정말 이런 미래가 닥칠까 봐. 미래에는 직업이 많이 없어진다고 한다. AI가 지금 있는 직업에 1/3은 차지할 것으로 예측된다. 그럼 도대체 내 학창시절의 끝은 무엇인가? 미래의 나에게 계속해서 물어본다.

가끔 사람들은 나에게 이런 말을 한다. "공부도 못하는 계집애.", "싸가지 없는 x.", "얼굴 예쁘지도 않은 게.", "네가 뭔데 나대." 하지만 나는 노래 듣는 것을 좋아해서 이런 두려운 생각이 들 때면 내가 안정될 수 있게 차분한 옛날 노래를 듣는다. '이젠 안녕' 내가 슬플 때, 두려울 때, 무서울 때 듣는 곡이다. 보통은 졸업식 때 한번 듣지만 난 내가 찾아서 여러 번 듣는다. 매번 들을 때마다 새로운 감정이 든다. 화나고, 기쁘고, 그리운 감정. 더 달려 나가야 할 '5년' 내가 사회에서 날개를 펼칠 준비를 할 5년간 어떤 아픔이 있을지 모른다. 하지만 난 견딘다.

내가 날개를 펼칠 그날까지.

진로로드맵을 구상해 보자.

중요한 시점과 정해진 진로 경로, 나의 희망, 현실적인 고민을 담아 세부적인 진로 경로와 필요한 활동, 하고 싶은 것들을 눈에 보이도록 정리해서 책상 위에 붙여 보자. 눈으로 확인하고 길을 걸어가면 어떨까? 한 걸음, 한 걸음 나아가기도 하고, 때로는 진로를 수정하기도 하겠지. 나의 갈 길을 구상해 보자.

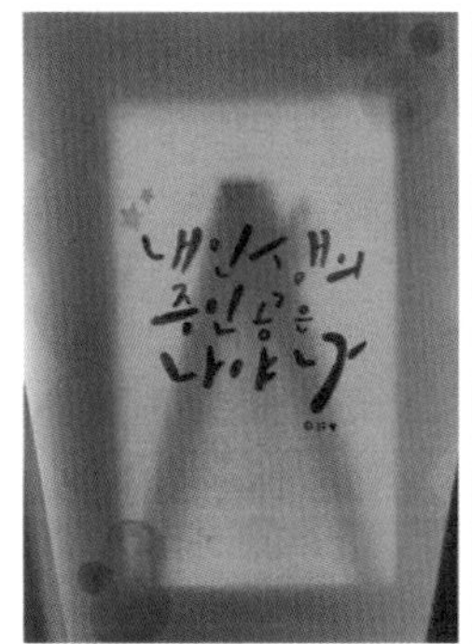

내가 과연 잘하는 게 있을까

나는 영재학급에 시험을 보지도 않고 합격했다.

이게 좋은 뜻이냐고 묻는다면, 아니다. 사람이 별로 없어서 신청한 사람들은 다 뽑는 것이었다. 어쨌든 그냥 심심해서 신청했던 영재학급에 바로 붙어버린 것. '이거 뭐지, 난 영재도 아닌데?'라고 계속해서 생각했다. 그에 걸맞게 수업을 계속해 봤는데 옛날 어렸을 때부터의 내 적, 수학이 주요 수업이었다. 매일 수학 지옥에 빠져 있었다. 그러다 드디어 내가 좋아하는 '진로 쌤' 수업을 들었다. 수업에서는 내가 궁금했던 내용인 내가, 영재라 할 수 있을까? 라는 내용도 수업에 들어가 있었다. 영재의 삼원소가 있었는데 첫 번째는 창의성, 두 번째는 감수성, 세 번째는 과제집중력이었다.

하지만 그 당시에 독서 토론을 했던 것이 가장 재밌고 기억에 남았다. 『여우』라는 책을 읽었는데, 친구들 앞에서 읽어주고 싶어서 내 목소리로 실감 나게 읽어주었다. 친구들의 적절한 반응 "오, 헐, 와, 대박." 이런 것들은 나에게 용기를 불어주었다. 나는 읽으면서 뿌듯함을 느꼈고 모둠 친구들과 논제를 읽으며 토론하는 것도 정말 재밌었다. 심심할 때쯤에는 노래를 틀며 친구들과 즐기고, 그때만큼은 정말 영재학급이 좋았다.

"너 노래 선곡 진짜 잘한다."

이 소리를 들으면 내 잠들어 있던 도파민도 한껏 뿜어져 나온다. 내가 생각하기엔 나는 각양각색으로 다 애매한 것 같지만, 이런 나의 재능을 펼칠 수 있는 순간에서는 나를 자랑스럽게 생각한다. 나는 애매하지만, 각양각색으로 할 수 있으니까.

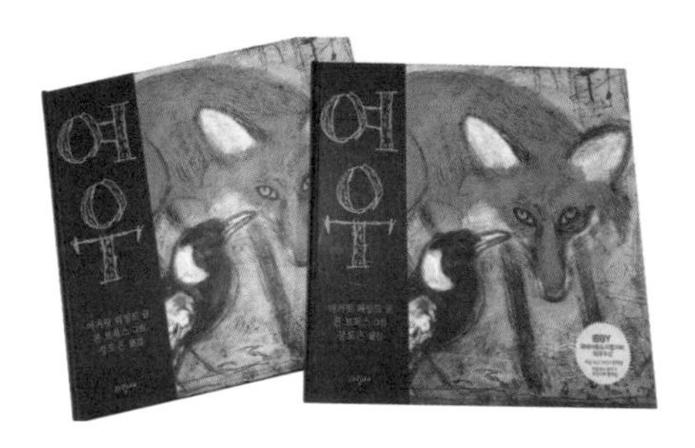

여러분은 꿈이 있나요?
아니면 아직 찾고 있나요?

우리 글 주제에 맞게 꿈에 대한 논제를 서술하려고 한다. 우선 논제는 '꿈은 있으면 좋다'와 '꿈은 없어도 된다'이다. 꿈이 직업만 의미하는 게 아니라 자신이 이루고 싶은 목표까지 포괄한다고 가정하면, 어떤 걸 선택할 것인가? 내 입장은 '꿈은 있으면 좋다'이다. 우선 첫 번째로 꿈이 생기면 나에게 삶 자체의 동기부여가 된다. 꿈은 내가 미래에 이루고 싶은 목표가 되기도 하며 한편으로는 나의 가치관이 된다. 그래서 꿈을 가지면 내 인생을 캔버스에 색을 칠하듯이 즐길 수 있다. 그리고 내 동기부여가 되어서 좋은 성적을 낼 수도 있다. 또한 예를 들어 한 외국인이 쓴 논문 중 「목표 설정 및 작업 동기부여에 대한 실질적으로 유용한 이론 구축: 35년간의 여정에서 높은 성과와 사이클」이라는 그림이 하나가 있다.

이렇게 목표는 성과에 영향을 주고, 성과는 만족으로 이어진다. 그렇기에 이 만족감이 다음에 어떤 도전을 하겠다는 의지를 주게 된다. 이 의지가 다시 목표가 성과로 이어지는데 연계가 되기 때문에 계속 성과가 높아지는 사이클을 타게 된다.

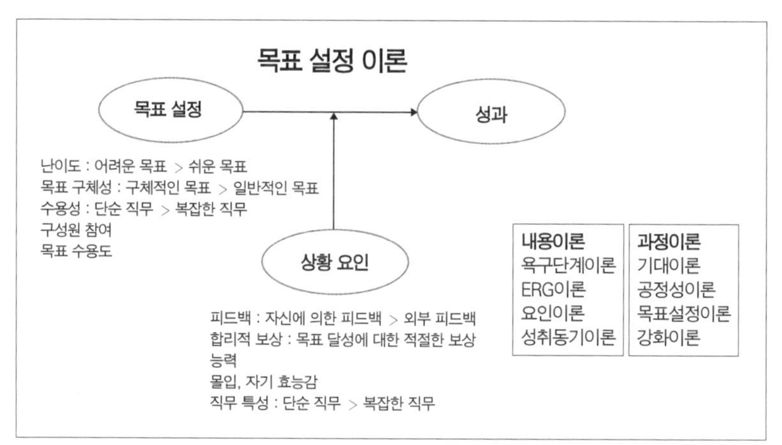

출처: 로크 목표설정이론

두 번째는, 꿈을 꾸면 사람이 행복해진다. 꿈이 없는 사람과 꿈이 있는 사람을 비교할 때 아무 목표 없이 달려오는 사람은 처음에는 꿈이 있는 사람보다 행복할지 몰라도 끝이 없는 경주를 한다면 결국 지칠 것이다. 하지만 계속해서 꿈을 위해 노력하고 실패해도 일어나는 사람은 언젠가 자신이 꿈을 향해 절정에 도달했을 때 정말 높은 만족감을 느낄 것이다. 세 번째로는, 꿈이 없으면 이루어질 수가 없다. 어떻게 이룰 것이 없는데 이룰 수가 있을까. 꿈이라는 큰 목표를 세우고 그것을 위해 작은 목표들을 세운다면 충분히 꿈을 이루고 실천하는 것은 가능하다. 따라서 우리는 꿈을 가지면 좋다. 꿈을 무조건 가져야 한다는 것은 아니지만 꿈이 있다면 우리 자신에게 이득이 될 것이다. 이런 말이 있다,

'목표는 성공의 막다른 길을 향한 나침반입니다'

우리가 이 나침반을 따른다면 나중에 미래에도 후회 없이 인생을 마무리할 수 있을 것이다.

콩 심은 데 콩 나고
팥 심은 데 팥 난다

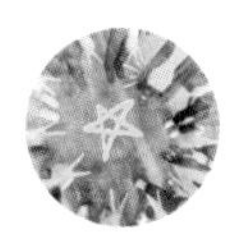

오늘은 영화 '월E'를 봤다. 왜 이제 봤냐면 옛날에 한번 보긴 했지만, 그 당시에는 아무 감흥이 없었기 때문이다. 지금 보니 '월E'가 주는 메시지는 처참했다. 머지않아 우리 지구는 지구온난화가 매우 악화되어 인간은 우주를 떠나 지구를 버릴 것이다. '참 이기적이지 않나?'라고 생각하는 건 정상이다. 지구는 지구가 멸망하고 싶어서 멸망한 게 아니다. 인간에 의해서, 욕망 때문에 멸망한 것이다. 결국, 모든 몫은 남아 있던 로봇 월E가 책임지게 되고, 그곳에서 자신의 본분을 다하며 자아를 형성하기 시작한다. 월E는 어느 날 지구를 떠나보낸 인간들이 만든 신종 로봇 '이브'를 만나게 되고, 결국 둘은 사랑에 빠지게 된다. 참 신기하지 않나? 로봇들이 자아가 생겨 사랑에 빠진다는 것. 이것 또한 우리 인공지능 사업이 발달함에 따라 언젠간 로봇들이 자아가 생길 수 있지 않을까? 하는 궁금증을 준다.

아무튼, 월E는 허허벌판인 지구에서 작은 새싹이 생겨난 걸 알게 되고 이브한테 건네준다. 이브는 갑자기 작동을 멈추게 되고 인간들이 있는 우주선으로 빨려 들어가게 된다. 아마 식물을 찾으려고 이브를 보낸 것일 거다. 월E도 이브와 함께 우주선으로 빨려 들어가게 되고 우주선 안에서의 상황은 매우 비인간적이었다. 팔과 다리가 있음에도 불구하고 귀찮음을 이기지 못하여서 뭐든지 다 로봇들이 해주고 있는 모습.

그 안 사람들은 비만 때문에 움직이기도 힘들어한다. 난 이 영화가 우리 미래 사회를 풍자한다는 생각이 든다. 현재나 미래나 우리에게 주어진 자원들은 인간들의 욕망 때문에 펑펑 쓰이고 쓰일 것이다. 이로 인해서 콩 심은 데 콩 나고 자원을 써서 자원이 바닥나고. 하지만 지금부터라도 분리수거 열심히 하고, 물을 아껴 쓰고, 전기를 절약하고, 플라스틱을 그만 쓰면 미래는 어떨까? 미래는 현재의 우리가 결정하는 것이다.

환경문제

극심한 환경 문제

요즘 따라 뉴스에서 환경 문제와 관련된 뉴스가 자주 나온다.

"쯧쯧, 쓰레기를 저렇게 무단 투기하면 어떡하노."

아빠가 말했다.

"그러게. 요즘에는 길 가기만 하면 담배꽁초밖에 없다니깐."

내가 말했다. 우리는 엄청난 지구온난화를 느끼고 있다. 잘 이해를 못할 수도 있지만, 점점 지구의 기후는 올라가고 바다는 오염되고 대기는 뿌옇게 되고 숲은 파괴되고. 이 정도면 지구라기보단 금성에 가깝다. 왜 우리 청소년들이 이 미래에 기후를 책임져야 할까. 너무 침울하다.

그러다 좋은 기회가 생겨서 나는 환경을 위해서 여러 봉사활동을 했다. 근처 공원에서 쓰레기를 주웠다. 담배꽁초가 제일 많이 보였다.

"아, 진짜 더럽게 많네."

지금 생각해도 이게 우리나라의 문제 중 하나로 보인다. 아니, 가장 큰 문제로 보인다. 아까 아빠와의 대화에서도 봤듯이 다른 나라에서는 이제 성인이 돼서도 담배가 금지되게 하는 법률이 있지만 우리나라는 일절 없다. 심지어 요즘은 미성년자가 피우기도 한다.

"이놈의 담배 도대체 막으면 안 되나? 아님 흡연 시설이라도 늘리면 안 되나?"

여러 의문점이 들것이다. 이런 점이 내가 이 주제에서 말하고 싶은 핵심이다. 우리나라, 세계의 허점. 우리가 "왜" 지구온난화까지 오게 된 건지.

대부분의 시작은 1.5세기 전 산업혁명의 시작으로부터 시작된다. 그전까지만 해도 농사만 짓던 상민들이 점점 석유를 사용하게 되며 열차가 생겨나고, 전화기가 생기고, 심지어 오늘날에는 컴퓨터나 스마트폰까지 생겨났다. 그럼 "이게 왜 문제가 되느냐?"의 해답은 바로, 우리는 그전까지만 했더라도 자연의 것을 이용하여 살아가려고 했다. 하지만 산업혁명의 발달로 인해서 무분별하게 자연을 '파괴'하고 산림을 없애는 행위를 함에 따라 문제가 되는 것이다. 여기까지는 시작에 불과하다.

애완동물 입양의 실체

누군가는 꿈의 일이지만 또 누군가에게는 악몽이 될 수 있는 애완동물 입양, 그 실체는 무엇일까. 사실 우리는 애완동물 입양에 대해 너무 쉽게 생각한다. 아이들이 원해서, 외로워서, 친구 해소용으로 등등 생명이라고 생각하지 않고 마치 장난감처럼 사고판다. 처음에는 동물과 주인 모두 소중하게 여기지만 점점 가면 갈수록 소외되는 경우가 많다. 더 심하게 된다면 주인은 동물을 유기하고 뒤돌아간 경우도 있다. 연간 유기되는 동물의 수는 113,072마리 정도가 있다. 그럼 이런 유기묘들을 지키기 위해서 우리가 해야할 것에는 무엇이 있을까?첫 번째로, 생명을 입양하는 것이므로 가족처럼 받아줘야 한다. 가족같이 받아주지 않는다면 절대로 입양해서는 안 된다. 왜냐하면 소중하게 여기지 못하는 건 사람으로 치면 남이 되기 때문이다. 자신의 자식처럼 보듬어 주고 동생처럼 아껴주는 그런 관계가 된다면 유기도 하지 않게 될 것이다.

위의 사진을 보면, 점점 반려동물 유기 횟수가 늘어나는 것을 볼 수 있다. 이는 2019년에 갑작스럽게 코로나 19가 시작되면서 사람들이 격리

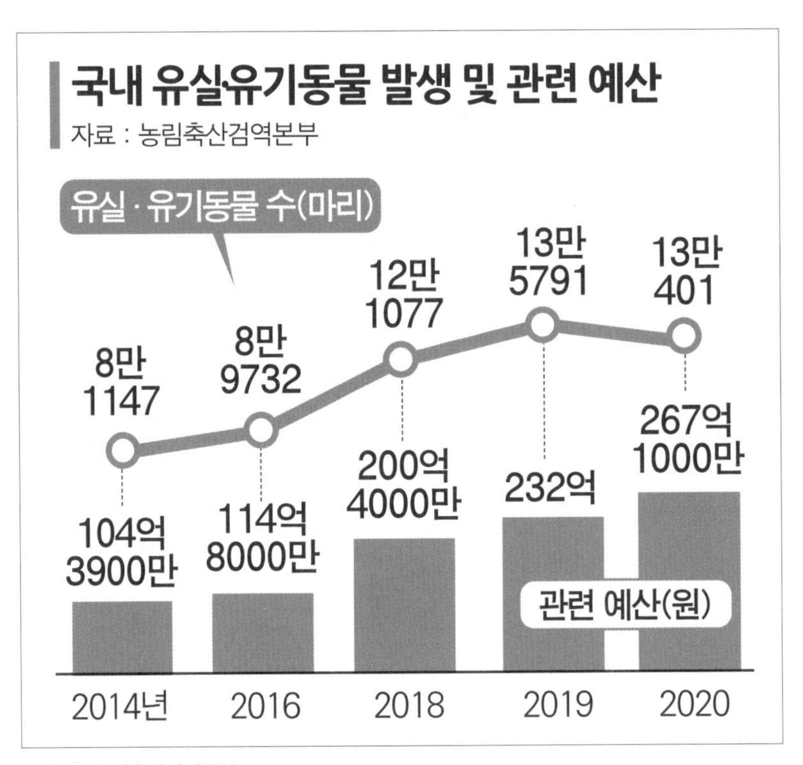

출처: 농림축산검역본부

를 하고, 키우는 조건이 힘들어짐에 따라 2020년에도 비슷한 수치로 유기가 나타났다. 더는 구호 예산을 늘리기도 부족하다는 말까지 들려오는 상황이 벌어지고 있다.

두 번째로, 유기묘 센터를 후원하거나 유기묘를 위한 캠페인을 해서 문제의 심각성을 알려야 한다. 센터에서 후원금이 많이 들어온다면 그만큼의 유기묘의 집과 먹이 비용을 보완해서 조금 더 좋은 환경에서 살게 해줄 수 있다. 그리고 캠페인을 한다면 유기묘의 심각성을 주제로 한 부스를 만들어서 재밌게 문제를 인지하고 해결방법을 찾을 수 있을 것이다.세 번째는 유기묘들의 임시 보호를 해야 한다. 임시 보호는 유기묘의 입양과

자원봉사 하는 것보다 더 중요할 수 있다. 임시 보호를 받지 못한 동물들이 입양되다가 성격 문제나 질병이 있으면 쉽게 파양될 수도 있기 때문이다. 임시 보호를 하면 원래는 사회성이 없던 동물들이 임시 보호 주인으로부터 간호를 받고 사회성이 길러지면서 그 동물도 사회성이 없는 다른 동물들보다도 빠르게 입양이 될 가능성이 커진다. 임시 보호는 주인과 동물 모두에게 이득이 생길 테니 일석이조라고 생각한다.이 글을 읽는 독자들도 애완동물을 키우는 사람도 있을 것이다. 우리 모두 생명을 소중히 여기고 유기묘를 위해 무언가를 해보는 건 어떨까?

사후란 무엇일까

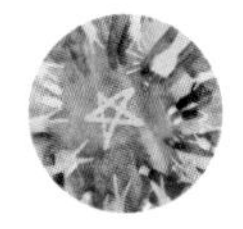

열심히 치장을 하고 어제 깔맞춤 해놨던 옷을 입고 예쁜 머리를 하고 오늘은 롯데시네마에 가서 새로 개봉한 영화 '원더랜드'를 보러 간다. 원더랜드에선 박보검, 수지가 나와서 전에도 기대했던 영화였는데 오늘 설명할 사후에 대한 영화라서 설명하려고 한다.

원더랜드의 전체적인 줄거리는 각 상황에 주인공들이 나와서 원더랜드 서비스를 사용하고 원더랜드를 사용하는 대부분은 거의 죽은 상태의 식물인간이라던지 사망한 사람을 그리워하는 사람들이 쓴다. 솔직히 처음에 봤을 땐 이해가 잘 되지 않았다. 스토리는 좋지만 하나의 상황이 고정돼 있지가 않아서 갈피를 잡기 힘들었기 때문이다. 그리고 여기서는 중요한 포인트가 하나 더 있는데 그게 바로 인공지능의 발전이라는 것이다. 내가 전에 『작별인사』라는 책을 읽은 적이 있는데 그 책과 매우 연관되어 있었다. 앞으로 더 많이 인공지능이 발전하게 되면 정말로 원더랜드처럼 될 수도 있겠다고 생각한다. 여러분은 어떤가?

인공지능이 더 발전한 미래. 나 같은 중학생이 살 그 미래. 우리 동아리는 영화를 다 보고 서로 토의를 해보았다. "저는 이 영화가 5차원의 세계를 표현한 것 같아요."라고 의견을 냈다. 사실 시간을 초월한 영화는 내가 생각하기엔 '인터스텔라'가 제일 잘 표현했다고 생각했는데, '원더랜드'도 그 기대에 미칠 수 있었다고 생각한다. "저는 원더랜드는 장점만 보여준 게 아니라 단점도 보여준 것 같아요. 작가가 우리에게 질문을 남긴 듯한 느낌?"이라고 동아리 학생 중 한 명이 말했다. 사실이다. 우리가 원더랜드 서비스를 이용하게 되면 사후세계에 대해 가볍게 생각할 것이다. 우리는 이 영화를 통해서 사후의 세계를 조금은 이해했다고 생각한다.

인터넷에는 좋은 면만 있을까

모두가 나쁜 걸 알고 있지만 어쩔 수 없이 들어가게 되는 인터넷.

우리는 일상생활에서 인터넷을 빼고는 살 수 없을 정도로 인터넷이 발달되어 있다. 2010년 스마트폰이 보급되고 난 이후부터 인터넷은 전 세계 사람들이 주목했다. 이것은 곧 현시대 사람들에게 가장 치명적인 약점의 발단이 되었다.

먼저 우리가 인터넷의 문제점을 찾기 위해 살펴볼 것은 '댓글'이다. 모두가 손가락 몇 번 두드리면 쓸 수 있는 댓글이지만 이것은 현실에서 한 말처럼, 듣는 사람은 그대로 받아들인다. 그래서 댓글로 인한 여러 사건 · 사고가 잦다. 주위에 유튜버나 아이돌도 악플에 시달려 목숨을 잃은 사건이 있었다. 특히나 악플이 아니어도 한 사람을 까내리는 물타기와 같은 인터넷 따돌림도 댓글에서 보통 일어난다. 아무 생각 없이 내뱉는 댓글은 현실에서의 더러운 말들이라고 생각하면 된다.

다음으로 문제가 되는 건 '해킹'이다. 디도스나 비밀번호 크래킹 등이 대다수가 당하는 해킹이다. 인터넷에 아무 사이트나 들어가면 안 된다는 이유가 악의적으로 해킹을 하는 블랙 해커들이 있기 때문이다. 해킹 사례로는 2018년 페이스북 데이터 유출 사건이 있다. 페이스북 사용자들의 개인정보를 빼돌려 논란이 됐었다. 피해자들은 사기, 피싱, 스팸 메시지를 보내는 범죄 세력에게 손쉽게 전달되어서 5억 명 이상의 데이터가 유출된 것으로 밝혀진 바가 있다.

세 번째는 사이버 폭력이다. 인터넷 자체가 사이버공간이다. 그렇지만 좀 더 개인적으로 깊게 들어가자면, 현실에서의 폭력보다 사이버 폭력이 요즘 들어 더 늘어나는 추세이다. 이번 코로나 사건이 2020년쯤에 퍼지면서 많은 사람이 일상생활을 제대로 할 수 없게 되고 집에서 생활하며 인터넷이 더욱더 발전되었다. 그러므로 사이버상에서 허위사실을 유포하고 성적이고 자극적인 영상과 게시물들도 예전에 비해서 많이 늘어나게 되었다. 또한 댓글에서와 마찬가지로 같은 친구 사이에서의 카톡으로 따돌림도 있었다. 사례로는 성폭행 피해를 당한 A학생의 2차 가해가 주목되었다. 그곳에서 지속적이고 반복적인 모욕, 허위사실 적시, 명예훼손, 협박 등이 이루어졌다. 이러한 사건이 물 위로 올라오게 해준 것도 인터넷이다. 우리는 인터넷을 좋게만 봐도 나쁘게만 봐도 안 된다. 하지만 인터넷을 내 삶에 지장이 될 정도로 한다면 그것도 문제가 되는 것이다. 우리는 그것을 스마트폰 중독이라고 하지만 대부분의 사람은 그것이 일상에 녹아 무시하려고 한다. 우리는 인터넷에 대해 좀 더 생각해야 하지 않을까.

국어 공부법을 바꿔보자!

오늘은 중간고사를 망친 날이다. 아무렴 열심히 준비해 봐도 내 컨디션이 안 따라줬다. 이렇게 해서 엄마 얼굴은 어떻게 볼지 고민 중이다. 친구가 와서 말했다.

"야, 너 잘 쳤냐?"

"아니, 망했어…."

"그럼, 너도 나처럼 공부법을 바꿔봐."

나도 그 생각이 들었다. 이렇게 시험 결과가 안 나온 이상 공부법을 바꾸어 보기로 결심했다. 처음에는 국어부터 내 것으로 만들도록 한다. 일단 국어를 이해하기 위해서는 책을 읽어야 한다. 그래서 내가 선택한 책은 『500년째 열다섯』이라는 장편 소설이었다.

갑자기 뜬금없는 소설일지 몰라도 아직 어른들이 읽는 책까지 손대기에는 내가 글에 대한 이해력이 부족한 것 같아, 이 책을 선정한 것이다. 그렇게 그 책을 1주일 동안 완독하고 교과서 위주로 학습하기 시작했다. 학원에서 잘 안 다루는 국어다 보니 '인강은 꼭 들어야겠어'라고 생각했다.

그래서 학교에서 추천해 주는 '강남 인강' 사이트로 인강을 듣게 되었다. 생각보다 내 공부법을 많이 바꿨다. 예전에는 문제집만 주구장창 풀었지만, 이번에는 좀 다르다.

"기출 문제도 풀어봐야겠어. 아자아자 가보자!"

그래서 기출 문제 푸는 사이트에도 들어가서 요즘에도 푼다. 지금도 현재 진행 중인 국어 기말 준비 프로젝트, 기말 때는 좋은 점수를 받을 수 있을까?

과목별 공부 방법을 찾아보고 실천해 보자.

국어

수학

영어

사회

과학

수학 PTSD

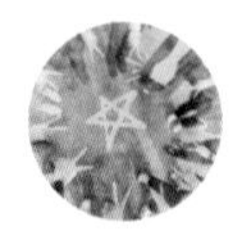

수학은 정말 할 말이 많다. 그것도 혐오의 말이다. 난 항상 수학을 잘 하고 싶어서 노력했다.

'노력은 배신하지 않는다'라는 말은 틀린 거다. 수학적 감각이 없으면 결국 노력해도 안 따라준다. 그래서 불평을 늘이지만, 매번 돌아오는 답은 똑같다.

"도대체 왜 수학을 배우는 거야!"

"수학이 일상생활에서 가장 많이 쓰인단다."

도대체 함수, 미적분, 도형의 부피와 넓이 구하기가 어디에 쓰인다는지 이해가 안 된다. 이번 중간고사도 수학만 제일 점수가 낮다. 이 정도면 내가 수학의 적 같다. 성적을 보던 엄마는 항상 말했다.

"너는 왜 수학 성적만 이 모양이니? 노력은 했니? 엄마는 어릴 때 수학만 잘했다. 넌 아빠 닮아서 이 모양이지."

"내가 수학 못 하고 싶어서 못 했겠어?"

나도 나 자신이 짜증난다. 그렇지만 기말고사 때 조금의 희망을 보려고 수학 점수 올리기 프로젝트를 시작하려 한다. 우선 수학은 국어와 다르게 문제를 계속 풀어야 한다. 왜냐하면 유형이 매우 많기 때문이다. 난 수학 문제를 풀며 포기하고 싶을 때마다 정승제 선생님의 동기부여 숏츠를 봤다.

'정말 우리 생선님…. 신이시여.'

정승제 쌤의 숏츠를 볼 때마다 신앙심이 생긴다. 정말 웃기게도 수학 문제가 술술 풀린다. 이런 정승제 쌤 숏츠를 정작 기말 때는 못 보니 걱정이 이만저만이 아니다. 그리고 수학은 모든 애들이 열정적으로 공부하기 때문에 등수에 밀리지 않도록 기출 문제 위주로 풀었다. 우리 학교 기출 문제, 최다 빈출 기출 문제, 최대 오답 기출 문제 등등 지금도 열심히 풀고 있다. 특히나 우리 학교 수학 선생님은 어렵게 내는 탓인지, 엄마는 이렇게 말했다.

"너희 학교는 문제가 어려우니까 최대 오답 기출 문제를 풀자."

"아니, 우리 학교 기출 문제 푸는 게 낫지."

그렇게 그 둘 사이로 실랑이가 붙었다. 하지만 결론은 엄마 승. 이것도 뻔하지. 그렇게 아직도 미스터리로 남는 내 기말 수학 성적. 내가 웃을 수 있을까?

중학교 수학 공부 방법을 알아보자.

꾸준히 공부해야 하는 수학 공부…

나의 공부 습관을 점검하고 계획을 세워보자.

에필로그

★

그동안 썼던 글들이 나의 주마등처럼 스쳐 지나가는 듯하다. 거의 몇 달 동안 책 쓰기 활동하다 보니 이 글을 마치면서 조금 뿌듯하기도 하고 한편으로는 아쉽기도 하다. 언제 이런 활동을 또 할 수 있을까도 생각이 되고, 나 혼자서도 책을 낼 수 있지만, 책을 내는 과정을 쉽게 보면 안 되겠다고 생각이 들었다. 처음에 진로 선생님이 책을 낸다고 했을 때는 재밌게 글을 쓰고 아이디어들이 떠올랐지만 계속해서 글을 써 내려가니 나 자신이 나태해지고 재밌는 아이디어가 안 떠올라서 아쉬웠다고 느꼈다. 사실 책을 내는 것은 처음이라 떨리기도 하고 한 편 한 편의 글을 썼을 때의 심정과 기분이 모두 기억이 나는데 독자들도 내 글을 읽어가며 그때의 내 기분을 조금이라도 느꼈으면 한다. 아무튼, 글의 거의 마지막이 다가오면서 마이크잡이는 기말고사 준비를 하려고 한다. 만약 다음에 기회가 된다면 나 혼자서라도 나만의 스토리와 개연성을 구사해서 책을 내지 않을까? 마이크잡이의 글은 계속될 것이다. 앞으로 끝이 아닌, 더 남아 있는 스토리가 많다. 기대해 주길 바라며 이 글을 마친다.

- 독자들에게 마이크잡이 올림

바람잡이의 여러 이야기

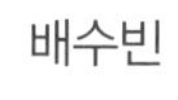

배수빈

프롤로그

★

진로에 관한 짧은 이야기

"내게 바람이 돼 달라 하면
성깔 있는 태풍보단
부지런한 댓바람이 되고 싶다."

나는 이런 명언처럼 의미 있는 바람을 잡는 사람이 되어 보고 싶다. 또 어디서나 부는 바람처럼 자유롭게 꿈을 펼치는 사람이 되고 싶다. 이 책이 독자 여러분에게 작은 위로나 깨달음이 되기를 바란다. 우리가 궁금해하는 수행평가, 진로 고민, 독후감까지 나의 부족한 글을 하나하나 실었다. 독자 한 분 한 분이 이 책을 통해 조금이라도 더 나은 내일을 꿈꾸게 된다면, 그것이야말로 내게 가장 큰 기쁨이 될 것이다.

수행평가 대비법

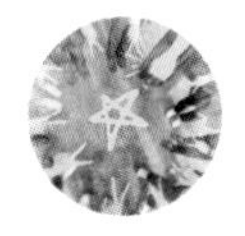

요즘 수행평가를 중요하지 않다고 여기는 학생들이 많은데, 전혀 그렇지 않다. 보통 학교에서 주요 과목 성적 반영도는 중간 30, 기말 30, 수행 40이다. 또한 시험을 치지 않고 100% 수행인 과목도 있다. 그렇다면 수행평가가 시험보다 중요도가 높은 것 아닐까? 우리는 이런 중요한 수행평가를 어떻게 대비해야 할까? 지금부터 과목별 수행평가 대비법을 알려주겠다.

먼저 국어는 작문이나 발표로 수행평가를 치르는 경우가 많다. 작문의 경우 어휘력과 글의 매끄러움이 중요하기에 평소 책을 많이 읽어두는 것이 좋다. 그러나 이러한 교과서에 나올법한 비법은 이 책을 읽는 독자분들이 원하는 것이 아닐 테니 새로운 조언을 하자면 글을 쓸 때 단락을 딱딱 나누고 글씨체를 예쁘게 하는 것이 중요하다. 선생님들이 글씨체나 모양새를 안 보실 것 같지만 바쁘게 수행평가를 매기시다 보니 조금 더 정갈하고 정리된 모양새의 글에 점수를 잘 주시기 때문이다. 두 번째는 가장 중요한 내용이다. 내용이 어느 정도 완성되어야 앞 사항을 써먹을 수 있기 때문이다.

내용을 구성하는 팁은 글을 적기 전 어느 정도의 내용 구성을 하고 시작하는 것이다. 예를 들면 서론, 본론, 결론의 대략적인 내용 구성, 그리고 쓸 자료들을 말이다. 또 글을 쓴 후 머릿속으로 읽어보며 흐름이 이상하거나 매끄럽지 않은 부분을 고치는 것도 중요하다. 그리고 비슷한 내용의 글을 찾아 읽고 일정 부분을 인용해 쓰는 것도 좋은 방법이다. 하지만 너무 많은 부분을 활용하면 표절이 되므로 주의가 필요하다. 발표의 경우는 PPT와 함께 준비하거나 작문한 것을 읽는 경우가 많다. PPT를 인용하는 경우 내가 발표할 문장을 빼곡히 적어넣는 것보다는 중요한 단어만 넣어놓고 관련 사진, 그래프 등의 자료 첨부를 늘리면 좋다. 그리고 발표할 내용은 PPT 아래 발표용 노트에 적거나 외우는 것이 좋다. 적어서 발표 내용을 읽을 때는 읽는다는 느낌이 들지 않도록 중간중간 청중을 보거나 질문하는 형식이 필요하다. 작문한 글을 읽을 때도 읽는다는 느낌보다는 발표한다는 느낌에 맞추어서 하는 것이 좋다.

다음은 수학인데 수학은 정말 진부하게도 평소 문제를 많이 풀어보는 것이 가장 중요하고 다른 방법이 없으므로 넘어가도록 하겠다.

세 번째는 영어이다. 영어도 영어로 작문하는 것이 수행인 경우가 많은데 특이한 점은 꼭 그 단원의 문법을 포함한 작문이라는 전제조건이다. 이 때문에 많은 학생들이 당황하기도 하지만 절대 걱정할 것 없다. 작문을 하기 전 내용을 정하고 넣을 문장을 미리 만들고 글을 쓰면 되기 때문이다. 보통 학생들은 글을 쓰면서 도대체 이 문법을 어디다 넣어야 할지 고민한다. 미리 문장을 적어놓고 내용을 구성하자! 또 이 작문에서 가장 중요한 것은 문법적 오류가 없는 것이다.

다 적은 후 번역기를 돌려 내가 의도하던 문장과 뜻이 같은지 확인하자. 영어로 작문 후 외워서 발표하는 것까지가 수행이라 해도 걱정할 것은 없다. 계속 읽으면서 외우자. 빨리 잘 외우는 방법은 계속 쓰면서 외우는 것이다. 정말 잘 외우지 못한다면 시작 부분과 주요 문법이 들어간 부분만 외우자. 생각보다 점수를 잘 주신다.

네 번째는 과학이다. 과학수행은 보통 실험 후 실험보고서 작성 혹은 쪽지 시험으로 나뉜다. 실험과 실험보고서 작성의 경우에는 인터넷에 해당 실험을 검색하고 실험 결과도 보아서 예습을 해놓자. 또 실험보고서 작성에 필요한 지식을 교과서에서 찾아 쏙쏙 외우자. 쪽지 시험은 그냥 교과서를 씹어먹겠다는 생각으로 달달 외우자. 달리 방법이 없다. 물론 선생님이 강조하신 부분은 더 꼼꼼히 외우자. 과학은 그래프나 공식이 자주 나온다. 이것들은 특히 잘 외우자. 가장 출제 빈도가 높다.

다섯 번째는 역사다. 역사는 수행평가의 방법이 정말 다양하지만, 역사 신문, 포스터 만들기. 내가 역사적 인물이나 그 상황에 있다고 생각하고 글을 쓰라는 수행평가가 정말 많을 것이다.

먼저 역사신문이나 포스터는 사전 준비가 가장 중요하다. 미리 사진을 뽑아놓고 먼저 집에서 만들어 보자. 여기서 가장 중요한 점은 역사적 사실이 잘 드러나게 적고 교과서 외의 내용도 일정 부분 넣는 것이 필요하다는 것이다. 또 창의적으로 그 시대 사람의 인터뷰, 십자말풀이, 광고 등을 넣어 종이 내용도 풍부하게 하고 점수도 잘 받자. 이 모든 것이 준비되었을 때 여러분을 수행평가 만점의 길로 이끌 것은 바로 꾸미는 것이다. 아무리 내용이 풍부하더라도 연필이나 볼펜으로 직직 쓴 신문이나 포스터가 만점을 받은 것을 본 적이 없다. 제목은 매직이나 마커를 사용해서 꾸미고 내용별로 칸을 나누어 깔끔하게 만들어 보자. 다음으로 글쓰기 수행평가는 역사적 사실, 나의 생각, 시대에 맞는 설정 등이 필요하다. 다른 부분은 아까 말했던 국어 작문 수행과 비슷하지만, 역사 수행은 창의성이 중요하다. 예를 들어 조선 시대 단종 복위 운동이 주제라고 하면 단순히 단종 복위 운동을 주도한 이들의 입장에서 글을 쓰는 것이 아닌, 가상의 인물이나 유배되어 있다가 죽은 단종의 입장에서 글을 써 보는 것이다. 이러한 창의성이 아쉽다면 역사적 사실이라도 많이 넣자. 80점 이상은 받을 것이다.

이렇게 과목별 수행평가에 관해 이야기해 보았다. 도움이 되었을까? 이러한 내용을 잘 지켜 우리 수행평가 만점의 길을 향해보자.

꿈 이야기 (1)

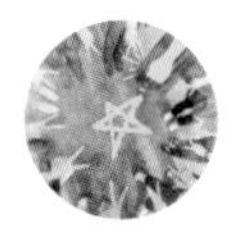

우리는 모두 어딘가를 보고 달려가지만, 가끔 방향이 없다고 느낄 때가 있다. 지금이 나에겐 딱 그런 때다. 나름대로 열심히 노력한다고 생각하다가도 나는 어떤 일을 하고 싶어 하는 걸까? 내가 커서 뭐가 될 수 있을까? 미래에 대한 불안감은 커져만 간다.

솔직하게 털어놓자면 남들이 나에게 멋지다, 이런 꿈이 있구나 하고 자주들 말해 주지만 난 그저 남들에게 조금 멋져 보이고 내 나름의 기준에 맞춘 그런 꿈을 얘기해 준 것이다. 사실 진짜 꿈은 없고 나도 모르겠다는 것이 나에 대한 나의 관찰이다. 중학교에 오면서 선생님들은 꿈이나 미래에 관해 더 자주 물어보셨다. 그럴 때마다 아까 말했듯 남들에게 보일 꿈을 말씀드렸다. 예를 들면 국제공무원이나 외국기업에 다니는 것 같은… 꿈 말이다. 내 꿈은 뭘까 답답해서 주변 친구들에게 물어보면 자신들도 자신의 꿈은 모르겠고 학교가 자꾸 물어보니까 대충 학교용 꿈을 만들어 적었다고 한다. '이러는 게 나뿐만은 아니구나'라는 안도감을 느끼면서도 사실 다른 학생들도 똑같은 게 아닐까 생각했다. 글을 적으면서 생각한 건데 사실 꿈을 굳이 가지고 있을 필요도 지금은 없는 것 같다. 열심히 현재에 충실하다 보면 나에게 맞는 꿈을 고등학교 때라도 찾을 수 있지 않을까 싶다. 나와 같은 이런 고민이 있는 친구들이 적지 않을 거라고 생각한다. 꿈에 대해 확신이 없고 미래를 모르겠는… 그런 친구들에게 나도 너희와 다르지 않으니 함께 나아가자고 얘기해 주고 싶다.

꿈이 있어야 할까? 토론을 하고 자신의 생각을 적어보자.

중학생 시기는 진로 디자인을 하는 시기이다. 몸과 마음의 변화가 큰 시기에 자신의 진로를 정하는 것은 쉬운 일이 아니다. 스스로 생각을 정리하며 마음의 여유를 찾고 진로를 탐색해 보자.

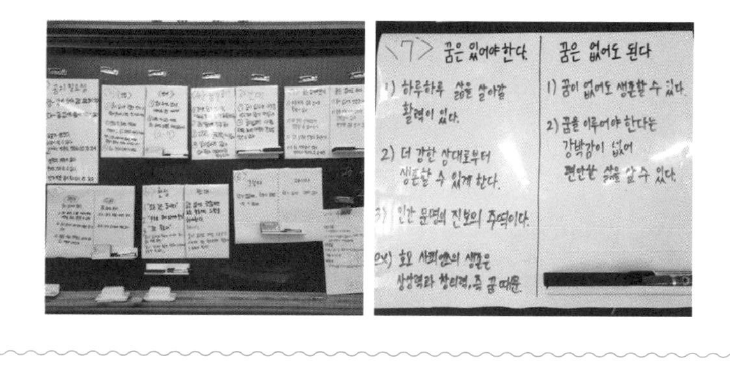

꿈 이야기 (2)

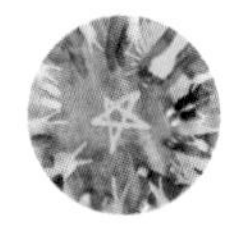

진로 고민은 많은 사람들이 경험하는 중요한 문제이다. 어린 시절부터 "무엇을 하고 싶냐?"는 질문을 자주 받지만, 그에 대한 명확한 답을 찾기는 쉽지 않다. 나 역시 그렇다. 고등학교를 선택하고, 대학을 진학하기까지의 과정에 나에게 어떤 일이 있을지 모르고 과정마다 많은 선택을 해야 하고, 그 선택들이 나중에 어떤 영향을 미치든 내가 오롯이 감당해야 한다는 것이 현재로서는 많이 두렵기도 하다. 하지만 나는 알고 있다. 진로를 고민할 때 중요한 것은 자신이 진정으로 원하는 것이 무엇인지를 찾는 것이라는 것을…. 사회의 기대나 타인의 시선에 의해 선택하게 될 경우, 장기적으로 후회할 수 있는 일이 될 수 있기에 나는 내가 무엇을 좋아하는지, 무엇에 열정을 느끼는지를 탐색하고 경험해 볼 것이다. 지금 세상은 내가 느끼기에 지나치게 변화가 빠르고, 현재 변환되는 2025년의 교육과정도 너무 당황스럽지만 나는 내가 잘 해낼 것이라고 믿고 있다. 또 아직 진로의 구체적인 방향성을 잡지 못했지만 내 진로를 정하더라도 나의 진로도 시간이 지나면서 자연스럽게 바뀔 수 있다는 점을 염두에 두고 싶다. 처음 선택한 길이 끝까지 이어지지 않더라도 그것이 실패라고 볼 수 없다고 생각하기 때문이다.

결국, 진로는 하나의 목표가 아니라, 나 자신을 더 잘 이해하고 성장하는 과정이다. 이 글을 읽는 여러분도 내 글을 읽으며 이를 이해하고 생각하며 진로를 정했으면 좋겠다.

진로는 나를 찾아가는 여행, 천천히 자주 나를 찾는 여행을 떠나보자.

나는 누구인가?

나를 들여다보고 나 자신을 돌아보고 정리해 보자.
나의 이해를 돕는 다양한 자료를 활용해 보자.

나는 누구인가?
나를 찾아가는 과정

꿈속의 세상

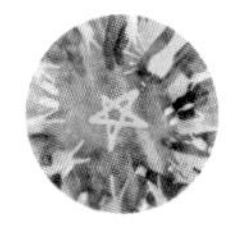

인공지능으로 죽은 사람을 복원하는 '원더랜드' 서비스가 일상이 된 세상에서 어린 딸에게 자신의 죽음을 숨기기 위해 '원더랜드' 서비스를 의뢰한 바이리와 사고로 누워 있는 남자친구 태주를 '원더랜드'에서 우주인으로 복원해 행복한 일상을 나누는 정인이 나오며 바이리는 죽은 자신을 계속해서 찾는 딸과 이 시스템이 혼란스러운 어머니 사이에서 갈등을 겪고 정인은 극적으로 깨어난 태주와 갈등이 벌어지며 원더랜드 시스템의 이야기도 다루는 영화이다.

죽은 사람을 가상 세계에 다시 살게 한다는 이야기, 들어본 적이 있는가? 죽은 사람을 가상현실에 구현하는 기술은 이미 존재하고 있다. 그러나 내가 지금 이야기할 원더랜드라는 영화는 조금 다르다. 죽거나 죽음과 가까운 사람을 가상현실에 구현한다는 점은 같지만, 구현한 사람이 자아와 생각이 있다. 꿈속에서 우리는 움직이고 감정을 느끼고 감각을 느낀다고 생각한다. 그런 점에서 원더랜드는 꿈과 비슷하다. 꿈이라고 하니 생각난 것이 하나 있다. 바로 『달러구트 꿈 백화점』이라는 책이다. 이 책은 사람들이 잠에 빠져들어 무의식 세계에 왔을 때 꿈을 파는 상점의 이야기를 담고 있다. '원더랜드'와 비슷하지만 다르지 않은가? '원더랜드'는 살아 있는 사람이 그리움이나 우울감을 이기기 위해 죽은 사람을 가상현실에 구현하거나 자신을 남기고 싶은 사람이 만드는 꿈 이야기이고 『달러구트의 꿈 백화점』은 현실의 사람들이 자신이 꾸고 싶은 꿈을 선택해서 꾸는 이야기이다. 비슷한 점은 모두 가상의 세계라는 점이다. 그럼 이런 생각이 들지 않는가? 둘 다 현실에서는 불가능한 이야기이네…. 하지만 이 둘이 공통적으로 전하고자 하는 메시지가 있다. 바로 타인과 어떻게 관계를 맺고 어떻게 이별할 수 있을까…. 여러분들은 이 메시지에 대해 어떻게 생각하는가? 나는 답은 없다고 생각했다. 사람들이 맺는 관계와 이별에 대해서는 그 누구도 명쾌하게 해답을 내지는 못할 것이다.

글을 마무리하며….

에필로그

★

부족한 글을 읽어주신 모든 분에게 감사드립니다. 친구들과 책을 완성하며 우여곡절이 많았고 너무 쓰기 싫기도 했지만, 친구들과 함께 결국 완성해 냈고 완성하고 나니 부족함이 더 드러나는 글이었던 것 같습니다. 후배들과 친구들과 책을 완성하는 것은 굉장히 뜻깊은 일이었고 책을 만드는 분들의 고충을 조금이나마 이해할 수 있을 것 같았습니다.

또 글의 내용이 너무 중구난방이라 읽는 분들이 불편하시지 않았을지 걱정됩니다. 사실 작년부터 구상한 글쓰기이지만 여러 사정이 겹치며 책을 내지 못하였는데 이번 연도에 내게 되어 더 뜻깊은 것 같습니다. 글에서 말했듯이 저의 진로는 아직 미숙하고 완성되지 않았지만 앞으로 더 열심히 달려나가고 싶습니다. 여러분들도 원하는 진로나 꿈을 꼭 노력하여 이루실 수 있기를 바라면서 여러분을 응원하고 싶습니다. 또 진로를 이루는 과정이 험난하고 실패가 있었더라 하더라도 그 과정 자체로 의미 있다는 것을 기억해 주셨으면 좋겠습니다. 이상 글을 마치며 '바람잡이'였습니다.

점, 선, 면, 삶이 연결되다… 책을 마무리하며

★

마침내 책을 마무리하고 교육청주관 책 공모사업에 지원하여 당선이 되었습니다. 정식 책으로 출판을 한다니 출판의 설렘과 함께 그간의 과정이 떠오릅니다.

짧지 않은 인생과 교직 생활을 돌아보니 삶에서 만남의 점이 참으로 많았습니다. 많은 점들이 이어져 선이 되고 선들이 모여 면이 되고 공간을 이루어 삶의 입체가 되었습니다. 이 책은 진로탐색 동아리 활동이라는 우연과 선택이 만나 점과 선이 되고 면이 되어 삶의 중요한 결과가 만들어졌습니다. 이 책을 읽는 이에게 참고가 되도록 그 과정의 이야기를 풀어봅니다.

20여 년 전 좋은 선생님과 좋은 학교를 만들어 가면서 자율동아리라는 말이 없던 시절에 자율동아리 활동을 하고 아이들의 변화를 보고 보람을 가졌습니다. 학교를 옮기면서 학교 분위기와 별도로 동아리 활동을 꾸준히 하였습니다. 특히, 진로교사가 된 이후 학생들의 진로역량을 기르는 기회를 주기 위한 방법으로 자율동아리 활동을 하였습니다. 독서와 토론을 기반으로 진로체험을 하고, 진로 역량을 기르면서 아이들의 변화를 보는 기쁨을 누렸습니다. 변화가 눈에 띄기도 하지만, 눈에 보이지 않거나 때로는 힘들고 아쉬울 때도 있습니다. 교육의 어려움은 기계처럼 금방 결과물이 나타나거나 인과관계가 분명하지 않다는 것입니다. 그럼에도 오늘까지 활동을 할 수 있었던 것에 감사합니다.

진로탐색토론 동아리는 3C의 활동이 많습니다. 활동을 선택(Choice)하고, 활동 기회(Chance)를 활용하여 진로역량을 기르는 변화(Change)를 의도합니다. 진로를 선택하는 것이 쉬운 것은 아닙니다. 선택(Choice)은 기회(Chance)와 변화(Change)를 가져오게 되는 것을 경험으로 알게 됩니다. 학교에서의 선택은 눈에 보이는 큰 선택으로 신중하게 결정하게 되기도 하지만, 일상의 사소한 선택 또는 습관적인 선택이 있어 변화를 느끼거나 보지 못할 수도 있습니다. 이 책에는 활동을 선택하여 기회를 활용하는 동아리 학생들의 이야기가 담겨있습니다. 이 책을 읽는 이들도 선택의 기회를 잘 활용하는데 도움이 되기를 바랍니다.

자율동아리는 강요하지 않고 스스로 선택하고 활동하여 운영이 때로는 힘든 점이 있습니다. 언제나 일정은 바쁘고 과제와 학원 시간이 겹치는데, 책을 읽고 참여하며 토론하고 대회를 준비하는 노력이 필요합니다. 자율동아리 활동을 선택하는 고민과 친구들과 함께 활동하는 재미와 보람을 이 책에 담았습니다.

인공지능이 생활 속으로 들어오며 정답보다는 생각이 중요해졌습니다. 결과보다 과정이 중요하다고 이야기하는데 그것을 실천할 수 기회가 필요합니다. 우리는 이야기를 나누며 이야기를 만들어가도록 노력하였습니다. 꿈이 있어야 할까? 당연하다고 생각하는 사람이 많겠지만 토론을 하였습니다. 이 책을 읽는 사람도 누군가와 이 주제로 토론하여 보기를 권합니다. 많은 학생들이 꿈이 없어서 불안해하거나 꿈이 있는데 현실을 두려워합니다. 수업시간에 토론을 하면서 아이들은 꿈이 있어야 한다는 불안감에서 조금은 여유를 가지게 됩니다. 꿈이 없는 이유를 이해하기도 하고 꿈의 유용성을 스스로 이야기하면 생각을 정리해 나갑니다. 꿈은 목표가 아니라 과정이라는 말이 있습니다. 꿈은 바뀌기도 합니다. 토론을 통해 지금 이 시간 꿈의 의미와 유용성과 준비 과정을 스스로 느끼고 조정하는 과정을 말해보기 바랍니다.

꿈청진기(꿈을 찾는 청소년 진로체험 기자활동)로 실제 꿈을 찾고 변화를 경험 하였습니다. 신문사 주관으로 직장을 탐방하여 직업인과 직접 만나 안내를 받고 질문을 하는 특별한 경험을 합니다. 올해는 방송국과 의회를 방문하여 방송국 내부의 모습과 실시간 방송을 보며 질문하며 자신의 진로와 구체적인 목표를 정하는 경험을 하였습니다.

해마다 '꺼리어로드 스콜라 활동'으로 여행을 통한 진로체험을 합니다. 친구들과 함께 여행을 떠나는 것만으로도 즐겁지만 진로를 찾는 다양한 경험을 하는 것은 더욱 즐겁습니다. 하루를 온전히 내어 대학 방문과 깊이 있는 체험을 하는 인기 있는 활동으로 경쟁이 되어 진로로드맵 발표를 하여 선발하기도 합니다. 이 책을 읽는 여러분도 가족, 친구, 선생님과 여행을 하며 진로라는 의미를 살짝 추가하는 것을 권해봅니다. 여행 계획을 짤 때 진로 체험 장소를 추가하거나 의미 있는 사람을 만나보는 것은 어떨까요?

독서토론 활동은 함께 읽고 이야기를 나눕니다. 독서토론은 읽고 말하는 활동입니다. 한나 아렌트는 '예루살렘의 아이히만'에서 말의 유용성은 말이 현실을 알게 하며 사람에게서 변화를 기대할 수 있게 하는데 있다고 했습니다. IB교육에서는 말하지 못하는 것은 아는 것이 아니라고 이야기합니다. 말하는 것의 중요성이 커지는 시대입니다. 토론으로 말하는 기회를 주고 소통 역량을 길러갑니다. 요즘은 읽는 것이 쉽지만은 않습니다. 단체 톡을 개설하여 읽도록 격려도 하고 독려도 합니다. 정해진 날짜에 소감이 올라오지 않고 토론 활동까지 책을 다 읽어내지 않아 활동을 계획하고 진행하는 교사의 속을 태우기도 합니다. 독서토론 지도 강사를 초빙하여 진행하기도 하며 다양한 시도를 하였습니다. 대구시 동부 교육청에서는 학생과 가족이 독서와 토론 활동을 할 수 있도록 동부 블렌디드 독서동아리를 지원합니다. 교사지원단으로 활동하며 참 좋은 지원이라고 생각하여 활동하고 있습니다. 요즘은 토론을 할 수 있는 프로그램이 도서관이나 학교에서 개설하기도 합니다. 만약 그런 찾기가 어렵다면 친구, 가족, 온라인 모임을 활용하는 방법으로 같은 책을 함께 읽으며 이야기 나누기를 권합니다.

대구시 교육청 주관 중학생 독서토론 한마당 활동에 해마다 참가하며 다른 학교 학생들과 같은 책을 읽고 토론하기 위해서 논제를 만드는 활동을 합니다. 준비하는 과정은 힘들지만 인식의 폭을 넓혀가는 기회가 되기도 합니다. 교육청은 책을 쓴 저자를 초청하여 특강을 진행하여 의미 있었습니다. 화요일의 인문학으로 교육청 대강당을 가득 채운 중, 고등학생의 열기는 새로운 경험이었습니다. 책을 쓴 전문가와 만나고 교수님의 특강을 듣는 것은 학원 수업을 포기하고 밤늦게 마치는 일정을 보상하고도 남는 경험이 되었습니다.

대구광역시 교육청은 학생들의 독서와 글쓰기 역량을 기르기 위한 다양한 사업을 하고 있어 자랑스럽습니다. 특히, 10월의 책 축제는 1년의 정점에 있습니다. 올해 우리 동아리 활동 과정을 발표하는 영광의 자리를 준비하며 여러 가지 재미있는 사연이 생기고 마침내 발표를 멋지게 해내는 보람도 가졌습니다.

진로탐색토론 동아리 학생들도 시험기간에는 활동을 멈추게 됩니다. 이 책을 읽는 이도 시험기간에는 잠시 멈추고 시험 역량을 길러보길 권합니다. '행복은 성적순이 아니잖아요.'라는 말에 전적으로 공감하지만 학생으로서 시험이라는 과정을 통해 그 동안 배웠던 것을 정리하고 시험을 통해 결과를 받아들이는 과정이 중요하다고 생각합니다. 성적의 결과보다 배울 수 있는 능력을 기르는 기회가 되지요. 자신의 적성이나 태도를 확인하는 과정일수 있지 않을까요? 또한 주어진 상황에서 최선을 다하는 것도 중요합니다. 동아리 학생 중에는 수업시간 안내한 공부법 외에 공부 고민을 상담하고 공부법을 익히기도 하였습니다. 시험을 준비하는 과정의 이야기를 솔직하게 이 책에 담았으니 활용해도 좋을 것 같습니다.

매월 진행하는 진로의 날의 다양한 진로체험 이야기도 실려 있습니다. 이 책을 읽는 학생은 학교에서 있는 진로체험 행사를 활용하거나 개인적으로 체험을 경험하기를 권합니다. 경험을 하는 것이 가장 좋은 선택입니다. 주의할 것은 나의 진로 계획이 있다고 그것만 생각하기 보다는 모든 진로는 연결되어 있다는 것을 생각을 하여 다양한 체험을 하면 좋겠습니다. 진로 경험은 나에게 잘 맞는 진로를 찾는 경험이 되기도 하고, 그렇지 못하더라도 나에게 잘 맞지 않는 진로를 알게 되거나, 나의 진로와 연결점을 찾는 경험은 선택에 도움이 됩니다.

나의 교직생활을 돌아보니 참으로 바쁘게 보내었습니다. 가까운 동료와 친구들은 격려도 하지만 걱정하기도 합니다. 하지 않아도 될 일을 하여 겪지 않아도 될 일을 겪기도 하였습니다. 우연과 선택이 운명을 만들어가는 인생에서 처음부터 선생님이 꿈은 아니었습니다. 어쩌면 대학입학시험을 예상보다 못치고 부모님과 선생님의 권유로 우연히 선택한 사범대학은 제 인생의 운명이 되었습니다. 장학금을 받고 재수를 할 계획은 어쩌다 선생님이 되게 하였지만 선생님이 되고 난 후에는 적성에 맞는 직업에서 열정을 다할 수 있었습니다. 시대 변화 속에 고민하고 선택의 갈림길에서 어려운 선택을 한 적도 있지만 돌아보니 젊음의 용기가 줄 수 있는 아름다운 추억입니다. 정말 좋은 선생님들을 많이 만났습니다. 교사로서 인간으로서 배우고 성장할 수 있어 감사합니다. 교사로서 책으로 마무리할 수 있어서 보람이 있습니다. 계획으로 작년에 학생들의 책을, 올해는 나의 책을 발간하여 중학생 생활에 도움이 되는 진로 정보를 주고 싶었지만 계획대로 되지 못한 아쉬움이 있습니다. 그러나 모든 것이 감사합니다. 그간 만난 동료 교사와 아이들, 특히 늘 바쁜 엄마를 이해해 준 가족들에게 감사합니다. 하고 싶은 말은 내가 계획한 진로와 꿈만이 정답은 아니라는 것입니다. 지금 만나고 주어지는 기회를 활용하면 좋겠다는 것입니다.

인생이란 무엇인가? 진로 수업시간에 이야기를 나누곤 합니다. 진로(進路)는 넓은 의미에서 인생의 길이라고 할 수 있습니다. ABCD… '장 폴 사르트르'는 "인생은(A life)는 B와 D 사이의 C다."라고 말했습니다. 태어나고(Birth) 죽음(Death) 사이에서 늘 선택(Choice)을 하는 것이 인생이라는 의미입니다. 선택의 기회가 언제나 있고 선택을 하며 인생을 채워가게 됩니다. 준비된 사람은 기회를 잡을 확률이 높다고 합니다. 지금 이 시간 나와 만나는 점들을 활용하기 바랍니다. 준비할 수 있는 기회가 되지 않을까요?

평범한 중학생들이 '새로On' 동아리 활동을 선택(Choice)하고, 활동 기회(Chance)를 활용하여 진로역량을 기르는 변화(Change)를 경험한 이야기를 여러분은 선택하여 읽었습니다. '꿈을 꾸는 이가 꿈을 이루어나갑니다.' 이야기에 소개된 기회를 참고하여 지금 선택해 보기 바랍니다. 작은 변화를 만들며 꿈을 이루어나가는 행복을 누리길 바랍니다.

마지막 학교생활을 마무리하며…
진로실에서 김지희